Quand la coutume bombarde

et autres nouvelles

© mai 2022 – Éditions Humanis – Léopold Hnacipan

Image de couverture : peinture numérique de Luc Deborde.

ISBN version imprimée : 979-10-219-0430-9
ISBN versions numériques : 979-10-219-0431-6

Léopold Hnacipan

Quand la coutume bombarde

et autres nouvelles

Certaines nouvelles de ce recueil ont déjà été publiées par ailleurs :

Ponoz, cordon ombilical, chez Écrire en Océanie en 2016 ;
Vivre ensemble et mourir à Xujo, chez Sillages d'Océanie en 2018 ;
Ouria chez Littera Mahoi en 2021.

Ces textes ont été révisés pour la présente édition.

Sommaire

Aller aux Vêpres

— Que Dieu tout puissant, créateur du ciel et de la terre, règne en maître aujourd'hui, et pour les siècles des siècles.

Le gros lézard posé à côté de Saingön donnait de brusques coups d'épaule, comme pour approuver ses incantations.

— Et que Saingön soit toujours souverain pour gouverner et hériter de tous les bienfaits du Très-Haut, aujourd'hui et à l'infini des jours.

«Amen» aurait sans doute dit la bête, si elle avait été douée de parole.

Elle se contentait de remuer les épaules avec un peu plus d'entrain. Tout son corps bougeait, flasque comme une mamelle gorgée de lait. Le sorcier caressait la tête de son protégé. Ou de son maître, nul ne savait.

Tel était le spectacle livré à quelques hommes de la tribu qui passaient devant la case du vieux sorcier, un après-midi des vêpres, prenant un raccourci pour se rendre au presbytère. Les visiteurs ignoraient s'ils avaient surpris Saingön en train de jouer avec sa bête ou s'il ne feignait de les ignorer que pour les impressionner.

Pour Dredreth, un homme reclus et sans histoire, cette scène confirmait les dires de ceux qui avaient déjà vu le sorcier réaliser d'autres extravagances. Un jour, disait-on, il avait croqué le bourgeon de la cime d'un sapin colonnaire sans le toucher des mains. Par des incantations, il avait obligé l'arbre majestueux à ployer jusqu'à sa hauteur, rien qu'en le fixant des yeux. À la tribu, on lui attribuait d'autres actes méphisto-phéliques. Tout le monde craignait ses pouvoirs. Et cet après-midi du jour du Seigneur, il nourrissait son totem, les yeux enfoncés dans leurs orbites comme au centre d'un halo. Il en était de même pour le lézard : ses yeux illuminaient d'un vert fluorescent le coin des secrets, derrière le poteau central. La case tout entière était colorée de cette lueur fantastique. Seul le visage de Saingön demeurait d'un noir absolu.

Entre lui et son reptile, un bol rempli d'un liquide sombre était posé sur une assiette tapissée de plumes et de duvet de volaille. La bête lapait goulûment l'of-frande de sa langue fourchue. Et à chaque parole du sorcier, l'animal levait la tête et agitait ses épaules d'un soubresaut qui dévalait en cascades à travers son corps flasque.

— Chut… fit Ficahlu qui épiait le vieil homme depuis un moment.

— Qu'y a-t-il ? chuchota Cilako.

— Le vieux Saingön et son lézard. Son boucan[1]. Il le nourrit.

— Je n'ai jamais rien vu comme ça, s'étonna Cilako.

---

[1]   *Boucan* : fétiche, gri-gri.

Les autres spectateurs demeuraient bouche bée, se demandant sous quel ciel ils se trouvaient.

— Passons !

Et l'air faussement détaché, Ficahlu s'avança en sifflotant. Les autres le suivirent.

Le sentier qui courait derrière la demeure du vieil homme les mena vers la petite porte de la case. Le mamala[2]. De ce point de vue, la scène n'avait rien de comparable. Le vieil homme lisait paisiblement sa bible. Il était allongé sur sa natte, comme pour profiter du vent qui faisait frémir sa chevelure hirsute. Alors qu'il s'étonnait de les voir passer, ils lui dirent qu'ils allaient au service dominical de l'après-midi. D'un air étourdi, il leur demanda quel jour on était. Puis il les pria de ramasser des pommes kanak et de couper le bananier dont les fruits mûrs attiraient la convoitise nocturne des roussettes. Ficahlu lui répondit qu'il le ferait à son retour d'Eika[3]. Puis les visiteurs repartirent.

Le lundi, la grand-mère Wadrimë revenait de We, et Fegina devenait, une fois de plus, le centre des opérations stratégiques de « la grande distribution ». Toutes les familles des alentours le savaient. Les enfants arrivaient de partout et s'agglutinaient autour de la case de Fegina comme des abeilles sur une fleur de pommier kanak. Ils attendaient le grand partage. Ils avaient vu la navette passer sur la route.

---

[2]   *Mamala* : petite porte de la case qui donne accès directement au fond de la case, derrière le poteau central. C'est la porte des femmes.

[3]   *Eika* : presbytère.

Lorsque la vieille femme descendit du bus, ils se pressèrent autour d'elle, puis la suivirent jusqu'à sa maison après s'être partagé ses fardeaux. La mère poule et ses poussins. La grand-mère retira alors la robe popinée[4] qu'elle avait portée pour aller toucher son mandat à la poste, et les enfants se regroupèrent en cercle. Face à elle, si possible. Une pomme sortit d'un paquet sous les regards envieux. Personne ne parlait, ou alors à voix basse.

La voix des rapporteurs s'éleva soudain au milieu des murmures :

— Grand-mère, tu sais, Hnatu n'a pas obéi la dernière fois. Il n'a pas voulu aider maman à couper du bois pour la maison. Mais il mange toujours beaucoup alors que le docteur lui a dit de manger moins.

— Oui, mais toi aussi, tu n'obéis pas non plus. En plus, tu marches avec les grands. Grand-mère, lui et les grands garçons ont volé des pastèques dans le champ de grand-mère Pamani.

Et ce fut à nouveau le brouhaha dans la case. Wadrimë dut élever la voix pour imposer le calme et séparer les enfants qui allaient en venir aux mains. Quand le silence fut à peu près revenu, la grand-mère prit la parole pour sermonner son monde. Le cercle se reforma tout autour d'elle.

— Je vous ai déjà dit que ce n'est pas bien de désobéir. Dieu, de là où il se trouve, voit tout. Et il peut inter-

---

[4]   *Robe popinée* ou «robe mission» : imposée aux femmes kanak au moment de la colonisation, et aujourd'hui portée par toutes les «femmes du monde». Elles sont à la mode.

venir pour nous récompenser ou nous punir. J'ai vu Qahe, le responsable de l'école du dimanche. Il a dit de reprendre Hnatu[5] parce qu'il a volé des pastèques chez sa grand-mère. Ça, c'est parce qu'il marche toujours avec les grands garçons. Hnatu, il faut que tu arrêtes.

Hnatu était au bord des larmes. Mais il se retenait par peur d'être qualifié de femmelette.

La grand-mère se tourna vers un autre garçon.

— Vous devez prendre exemple sur Jönelai. Lui, il aide sa grand-mère à mouliner le café. Il va au magasin quand on le lui demande. Il rentre vite après à la maison pour se baigner et faire ses devoirs du lendemain. Sa mère me l'a dit dans le petit marché, à côté de la poste.

Le silence tomba sur l'assemblée. Les regards n'étaient pas tournés vers le garçon cité en exemple, mais vers la poche de pommes. Combien ? Même pas une dizaine ! Mais les pommes seraient bientôt coupées en fines parts et chacun emporterait son morceau chez lui, tout joyeux, pour le manger ou pour le montrer aux autres membres de la maisonnée. Au cours de la sainte cène, les enfants de la maison recevaient des parts égales à celles de tous les autres. S'il en restait, elles seraient mises de côté et les enfants seraient appelés pour un autre partage, un autre jour.

Mais, pour l'heure, les enfants ne pouvaient se détacher de la grand-mère qu'ils voulaient encore remercier, à qui ils rapportaient d'autres bêtises, ou bien pour corriger les dires des uns et des autres. D'un air sévère,

---

5   *Reprendre Hnatu* : le gronder.

Wadrimë prévenait que les coupables n'auraient pas droit à ses présents lorsqu'elle retournerait à We pour toucher le mandat du mois suivant.

La menace revenait comme un leitmotiv, mais les enfants s'en fichaient. Ils supposaient qu'elle aurait bientôt tout oublié et comptaient sur l'amour qui irriguait son cœur et qui la conduirait toujours à partager équitablement ce qu'elle achetait pour eux. L'existence de la vieille femme n'était que don de sa personne et de son temps. La coutume est toujours là pour rappeler à tout le monde que l'amour est au-dessus de tout.

Fegina était le carrefour des commérages. Aussi variés que riches. De l'enfantin au plus sale. Du plus sobre au plus sombre. De toute sorte et de toute la tribu. Tout le monde connaissait la petite histoire du moment, prétendant que le malade de la famille voisine avait eu droit à une petite gâterie de la part de l'infirmière venue lui administrer des soins dans son lit médicalisé. Une petite fille qui vivait là-bas avait demandé à sa mémé s'il était bien de boire quelque chose dans l'entrejambe d'un homme. L'aïeule avait sursauté avant d'envoyer son époux vérifier les faits. Il constata que la gamine n'avait rien inventé. Pour justifier son excès de tendresse, l'infirmière avait aussitôt annoncé qu'elle voulait épouser son malade. Elle voulait surtout éviter d'être la risée des commères.

La grand-mère rétorqua que des petits de leur âge ne devaient pas parler de ces choses-là. Elle expliqua que l'infirmière, épuisée par sa tournée, s'était sans doute assoupie sur son malade. Personne n'osa mettre sa version en doute, mais les sourires qui ornaient les petits visages disaient ce qu'ils en pensaient. Ils n'étaient pas si innocents que ça.

Les plus petits s'intéressaient surtout aux anecdotes qui les concernaient. Sans surprise, Xenie rapporta que Lemuel avait uriné sur le docteur venu à l'école pour la visite médicale. Les maîtresses et les infirmières avaient dû se mettre à plusieurs pour maîtriser la colère du médecin. Xenie avait plus peur de l'homme que de ses ustensiles médicaux. La blancheur de sa peau lui évoquait le souvenir de ses tantes et grands-mères, parties loin à Igilan[6], et disparues à tout jamais. Influencé par des pensées d'un autre âge, l'enfant craignait qu'elles n'aient été mangées par les méchants Blancs.

Ijehe était le plus gentil. Il avait la sympathie de tous et n'exigeait aucune attention particulière. Il allait aux quatre vents avec la lenteur de son âge. Quatre ans. Les enfants l'avaient surnommé *Numéro onze*. On rapporta à Grand-mère qu'il laissait couler sa morve, même à l'école, et que Maîtresse n'arrêtait pas de le renvoyer aux vestiaires pour qu'il aille s'essuyer. On ajouta que le jeune rebelle prenait un malin plaisir à ne pas faire sa toilette correctement, afin d'échapper aux cours. L'affaire avait inspiré une chanson aux autres écoliers. Elle racontait la mauvaise posture d'un morveux devant une belle demoiselle dont il aurait voulu faire chavirer le cœur. Par snobisme, on la chantait en deux langues, en Drehu et en Nengone,

---

6   *Igilan* : England, Grande-Bretagne. Le cadre spatio-temporel des contes est toujours situé loin, pour faire rêver et endormir rapidement l'enfant.

et en canon : « Kölöiniö numero ooz, pitrona sasi koi hmunë ngo xoungefe webehngod.[7] » Ces paroles étaient pleines d'ironie. Ceux qui ne connaissaient pas leur origine supposaient qu'elles avaient été composées pour la gloire d'un joueur de football portant le maillot orné du onze. Ils ignoraient que *webehngod*, en langue de Maré, se traduit par *morve* en Français !

Lors de la découpe des pommes, chacun se devait d'être présentable. L'allure d'Ijehe posait toujours problème. Pas seulement en raison de l'épaisse tache gluante qui allait de son nez à ses lèvres, mais aussi pour les reflets douteux qui ornaient les revers de ses mains. Les traces de morve mal essuyées y brillaient comme des écailles de bête au soleil. Malgré tout, c'était toujours à lui que revenaient les meilleures parts, tout comme l'affection des autres enfants. Mais, avant la distribution, il est envoyé au robinet pour y faire sa toilette, sous la garde des plus grands, portant dans ses bras le grand coq de la maison, *Hanying*. Ijehe titubait sous la charge, si bien que les deux grandes filles, Georgette et Annah, devaient l'assister sur son parcours. L'une lui tenait la main tandis que l'autre portait le volatile.

Le partage est un exercice particulièrement difficile parce qu'il crée des tensions dans chaque parti. Celui qui reçoit est conscient du pouvoir et des intentions de celui qui donne. Il se sent en position d'infériorité. La sincérité dans les coutumes exige cependant que l'on

---

[7] « Je t'aime numéro onze, je te désire toujours plus, mais ta morve me répugne. »

déplie tous les dons devant l'assemblée pour que chacun puisse constater leur valeur. C'était Wadrimë qui assurait le partage des bonbons, des pommes et des gâteaux. Chaque paquet était ouvert devant les yeux de tous. Tous les enfants se pressaient autour de la matrice. Au moment du partage, tous étaient considérés comme de la famille. Sans distinguo. Les enfants de la maison savaient très bien qu'ils n'auraient pas droit à un traitement spécial.

À Fegina, le discours n'avait toujours que deux objectifs : sermonner les récalcitrants et louer ceux qui avaient un comportement correct. Le sens de l'éducation comptait avant tout.

Une ombre vint soudain s'encadrer dans la porte. Le nom de « Saingön ! » fut crié et ce fut la débandade. Une envolée d'oiseaux dont il ne resta que Ijehe, la grand-mère et le coq. Le sorcier se tenait devant eux.

— Par tous les saints ! s'exclama Wadrimë. Quelle pelle t'a sorti de ta tombe de Hnatro, Saingön ? Tu devrais changer de comportement. Tu fais peur aux enfants. Faudrait crucifier une nouvelle fois le Christ pour te sauver du feu purgatoire. Je te jure. Tu ne te caches plus pour faire les choses de la nuit en plein jour. Les garçons t'ont vu hier. Ils l'ont dit.

— Fille de mon oncle, je n'ai fait que lire le livre des Saints ces temps-ci. Que le Très-Haut m'en soit témoin. Sur ta tête, je le jure.

— Arrête de jurer sur ma tête.

— Mais sur la tête de qui, alors, veux-tu que je jure ? Tu es plutôt drôle, toi, hein ?

— Ben, ne jure pas. Pff ! En plus, tu ne m'as toujours pas donné de rejet du bananier poingo que tu as arraché en cachette[8] derrière les sanitaires. Tu vois, nous ici, nous n'avons plus de souches, ni à la maison ni dans nos champs, à cause de toi. Faudrait que tu nous en ramènes pour faire repartir la variété chez nous.

— Vous l'aurez à mon retour de coutume[9].

— Comment ! Tu veux déjà partir ? T'as même pas l'âge ! C'est la chose que tu fais en cachette qui travaille ton corps[10]. Saingön, regarde-toi dans une glace. T'es très jeune et même beaucoup moins âgé que moi. Mon Dieu ! De qui tu as hérité ces pratiques maléfiques ? Tantine, elle ne s'adonnait pas à ces choses-là que je sache… mon Dieu, là-haut. Va à la cuisine, les filles vont tirer à manger pour toi.

— Merci. Il est plutôt joli, le coq.

— Oui, mais il a un mauvais nom. J'ai oublié comment les gosses l'appellent.

---

[8]   À Drehu, les neveux et nièces n'ont pas le droit de cueillir des fruits des arbres de chez leur oncle maternel (ou de la famille de l'oncle) au risque de faire mourir la plante.

[9]   Saingön veut dire « quand je serai mort ». La coutume des morts revient aux oncles utérins.

[10]   Dans la société kanak, les oncles et tantes maternels jouent un rôle très important pour leurs neveux et nièces. Par extension, leurs époux/épouses et leurs enfants entretiennent également une relation particulière vis-à-vis de ces neveux et nièces. Cette relation fonctionne normalement sur la base d'un respect et d'une familiarité qui permet une plus grande franchise dans les propos échangés. Mais, bien souvent, la franchise l'emporte sur le respect.

— Hanying[11] ! intervint Ijehe, tout fier, en caressant la crête tombante de son animal fétiche.

— Couché, toi[12] ! Allez ! Va à la cuisine avec le petit et sa bestiole. À tout à l'heure.

Après cette visite, Ijehe, le tout dernier de la maison, tomba malade. Son corps enfla tel un ballon. À la maison, tous les membres firent le lien avec le passage du sorcier. Les esprits s'enflammèrent. Wadrimë se rendit même chez son cousin pour lui demander des explications sur la maladie de son petit-fils et sur la disparition mystérieuse du coq de la maison. Tout le monde bouillonnait de colère et de tristesse.

Plus tard, voyant que le vieux sorcier n'était pas à la maison depuis quelque temps, la famille proche s'en inquiéta, et surtout la vieille Wadrimë qui regretta ses dernières paroles à l'égard de son cousin. Sa grande fille mariée à Mucaweng, une tribu du nord de Drehu et qui s'était jointe aux recherches, se fâcha. Elle s'en prit à sa mère, l'accusant d'avoir proféré des mots qui s'étaient transformés en actes. La maman de la maison avait maudit leur oncle. Parmi tous, Mucaweng faisait exception en accordant à Saingön une place dans son cœur. Elle méprisait les médisances dont il était l'objet au sein de la tribu.

La brigade de We fut alertée. Des recherches officielles furent lancées. Mais aucun résultat ne fut concluant après plusieurs semaines, ni même après plusieurs mois.

---

[11] *Hanying* signifie « chéri(e) » avec une connotation sexuelle. Ce mot est tabou entre frère, sœur, cousin et cousine.

[12] « Tais-toi ! »

La dernière personne qui s'était rendue au domicile du disparu était Ficahlu. Il avait coupé le régime de bananes que Saingön avait proposé aux hommes de la tribu, lors du dimanche des Vêpres. Il fut convoqué à la brigade. Mais à Hunöj, le coupable était déjà tout désigné, même s'il n'était retenu en garde à vue que pour une audition. Les petites querelles et les récits de vie enfouis depuis des générations allaient refaire surface. On apprit que Ficahlu rendait régulièrement visite au vieil homme. Pendant les événements de 1984, ensemble, ils avaient fracassé les urnes des élections avant de séquestrer le sous-préfet de l'île. Les soirs de cette même période, ils faisaient le tour du district de Lössi à pied, pour ramasser des crabes de cocotier sur les routes du littoral. Leurs actions étaient alors approuvées par tous, même si certaines mauvaises langues affirmaient qu'ils se rendaient aussi à Nouméa certains soirs pour regarder des films pour adultes.

— La parole est à vous, M. Gaiahmo.

— Ce sont les gens de Hunöj qui disaient que le tonton faisait son Batman[13]. Il empoisonnait tout le monde. Je voulais régler le problème.

— À votre façon.

— C'est Mesup…

— Non, c'est vous qui avez tiré.

— Je suis allé chez lui, le soir des vêpres… euh… avec les autres…

---

[13] Par magie, il s'envolait avec l'aide de son boucan pour répandre le mal.

— Non, avec votre frère, comme vous le dites dans vos dépositions. C'était un jour de la semaine…

— Oui.

— Continuez.

— Je lui ai mis une balle de 5.5 entre les yeux. Euh…

Il ânonna ensuite quelques mots avant de tomber dans le silence.

Le juge eut beau tenter de lui extraire d'autres paroles pour mieux comprendre son geste, Gaiahmo ne répondait plus. Ni par de petites phrases, qui n'auraient de toute façon rien expliqué, ni par des gestes de la tête, ni par des expressions du visage, ni par des raclements de gorge, comme le font les bêtes. Rien. Il demeura obstinément muet jusqu'à la fin de l'audience.

L'avocat, hochant la tête comme un oiseau et balançant les bras le long de son corps, expliqua à l'audience comment il voyait les choses. Certes, les faits étaient horribles. Mais il ne s'agissait après tout que d'une malheureuse conséquence des addictions du prévenu. Les principaux coupables étaient l'alcool et le cannabis. L'homme n'était pas responsable de son acte. Avec les avocats, personne n'est jamais responsable de rien.

Gaiahmo avait été recueilli par ses grands-parents. Ses parents se livraient à la vente et à la consommation de produits illicites. Ils s'étaient séparés à cause de l'alcoolisme, quelques jours à peine après sa naissance. Gaiahmo fut bientôt confié à l'assistance sociale qui le plaça dans moult familles d'accueil. Instable, il céda à son tour à l'alcool et à la délinquance. Il fit quelques séjours au Camp-est[14] par intermittence et au gré des petits délits contre lesquels il essayait pourtant de résister. Un jour, le jeune homme succomba aux charmes d'une religion dont la pratique allait à l'encontre de sa propre culture. Des prédicateurs-prédateurs le convainquirent qu'il avait déjà sa place dans les cieux, parmi les élus assis à la droite de Dieu. Selon eux, il était de son devoir, en tant qu'homme juste, d'être à son tour adepte du prosélytisme. Tout cela ne fut pas suffisant pour son salut, à en croire les allers-retours qu'il continua de faire entre l'île de l'oubli[15] et les familles d'accueil.

— Après la soirée d'anniversaire d'un cousin, Gaiahmo et Mesup se sont rendus chez leur oncle pour «régler son problème», selon leurs dires. Ils avaient emprunté un fusil de calibre 5.5 à un dénommé Jules, chasseur de la tribu. Ce fusil est exposé-là, devant vous. Gaiahmo a appelé son oncle qui, par hospitalité, lui a ouvert sa case. Le pauvre homme n'a pas eu le temps de parler, aveuglé par le faisceau lumineux de la lampe halogène que voici, en plein visage. Son neveu l'a aussitôt pris pour cible. Entre les deux yeux, comme il l'a dit. La suite s'est déroulée à *Naoci*. Une crevasse dans le sol, un réservoir naturel d'eau. Les deux hommes, animés par le désir de défendre une cause juste pour la tribu, et emportés par une consommation excessive d'alcool et de stupéfiants, ont immergé le corps après l'avoir ouvert et empli de pierres pour s'assurer qu'il coule. Ils

---

[14]   Prison de Nouvelle-Calédonie.

[15]   L'autre appellation de la prison de Nouville par la jeunesse du pays, surtout dans les dédicaces radiophoniques.

ont ensuite réparti de la mousse et des algues à la surface de l'eau pour parfaire leur crime.

Mais Gaiahmo n'était plus là pour écouter ce que l'on disait de lui et de ses actes, ni pour regarder sa famille en face, sur les chaises de la première rangée. Un simulacre de malaise l'avait saisi. Mesup, quant à lui, n'était pas venu à l'audience. Il n'était pas responsable, il avait seulement aidé son cousin à se débarrasser du corps de la victime.

Après les réquisitoires et les allégations des uns et des autres pour que la vérité soit dévoilée comme de juste, tout le monde eut pitié de Gaiahmo. Le palais de justice parvint à faire triompher la « vertu ». La victime n'était pas le mort, béni soit son âme, comme disent les pratiquants. On était parvenu à tout renverser !

Dans la première rangée de la salle d'audience, Wadrimë regardait fixement le box vide des accusés. Sa pensée vagabondait. Sa haine envers Saingön s'étiolait. Sa dernière rencontre avec lui avait donc été celle des adieux, se dit-elle. Elle se désola que Gaiahmo ait quitté sa place et ne puisse plus suivre son procès, ni même dire une petite parole de pardon à la société. Le souvenir de Saingön lui revint alors en force et tomba comme un écran sur ses paupières. Il lui avait offert une tige de fleur de rosier quand elle était enceinte de sa fille, la maman de Ijehe. C'était une nuit sans lune de la Saint-Valentin. Saingön avait frappé à la porte. Elle lui avait proposé l'hospitalité, comme de coutume. Il était un peu échauffé, baignant encore dans les étourdissements vaporeux des lendemains de fête. Il lui apportait une fleur de rosier qu'il avait d'abord destinée à son épouse, Béatrice, encore vivante à l'époque. Pour faire comme les Blancs, avait-il dit. Mais Béatrice était allée respirer un autre parfum, cette même nuit, le laissant seul avec sa fleur, sa bonne cuisine et ses bonnes intentions. Harassé de solitude, Saingön était sorti pour se rendre chez sa cousine. Wadrimë savait que le reste de sa famille ne valait pas grand-chose. Lorsque plus rien ne va, c'est vers la maison des oncles maternels qu'il faut se tourner pour trouver refuge. C'est toujours une source intarissable de bonté.

Au premier chant du coq, quand ils se virent pour le petit déjeuner, Saingön parla ouvertement à Wadrimë. Il n'avait plus rien à faire de Guava[16], son épouse. Elle pouvait partir de la maison. Définitivement, si elle le voulait. En fin de compte, c'est ce qui arriva. Sa dame s'en alla bel et bien, sans dire un mot. Saingön demeura seul, optant pour l'autre manière d'aimer. Toute la tribu connaissait la suite. Amère.

Quand la porte de la salle d'audience s'ouvrit et que le vent s'y engouffra, le juge interrompit son discours. Son regard attiré par la lumière se mit à suivre la silhouette de Ijehe qui entrait avec son grand coq dans les bras, comme s'il portait une peluche. Wadrimë sursauta puis se leva précipitamment pour aller à sa rencontre. Elle lui ouvrit ses bras et pleura.

---

[16]   *Guava* et Béatrice désignent la même personne. La colonisation exigeait le port d'un prénom blanc (français) du calendrier pour en faciliter la diction.

Vivre ensemble et mourir à Xujo

Traits caractéristiques des personnages :

Boaougane : La plus âgée de toutes les femmes, a connu toutes les guerres[17]. Plus de la soixantaine. La matrice. Son âge lui confère tous les droits et la place au-dessus des autres. Elle peut se permettre des excentricités comme dire du mal d'un clan ou de la coutume. S'il y a une décision importante à prendre au sujet de la vie communautaire, son avis est primordial. Elle est lourde d'âges et de liens sociaux. À la différence de Tchuké, elle n'aime pas les gens des îles[18]. Mais ça, on ne le dit pas.

Tchuké : De la même génération que Boaougane. Elle a quelques mois de moins, mais ces deux dames sont très proches l'une de l'autre. Elles sont si complices qu'elles ont acquis des automatismes langagiers.

---

[17]   Les souffrances de la jeunesse.

[18]   Îles Loyauté de Nouvelle-Calédonie : Lifou (Drehu), Maré (Nengone), Ouvéa (Iaai), Tiga (Toka-node).

Une communication implicite les lie. Elles ont vécu à peu près les mêmes souffrances, des sévices sexuels de la part de proches qu'elles «ont toujours su taire». Une manière d'assumer qui leur a été transmise par la génération d'avant. Elles sont des femmes de la tribu, mariées dans la tribu même. Elles connaissent très bien les rouages des réseaux qui lient les clans entre eux.

Paulette: Elle n'est pas de la tribu[19]. S'il y a une dame éclairée dans le groupe, c'est elle. Elle a des connaissances au sujet des droits des femmes. Elle a la quarantaine. Une femme moderne assise entre les deux cultures (occidentale et kanak). Elle a le statut de l'éternelle étrangère. Dans les discussions importantes, les femmes comme elle doivent toujours se justifier compte tenu de leur statut d'«arrivant», comme si leur mariage (coutumier ou non) ne leur donnait aucun pouvoir décisionnel. L'éternelle étrangère dans la tribu. Pour autant, ce statut n'est pas un frein dans la communauté. Elle est plus libre que Boaougane et Tchuké (qui sont attachées[20] par les liens claniques). En cas de conflit, elle peut jouer la médiatrice entre les générations. Un jeu d'équilibriste.

Gina: La trentaine. Elle est très belle. Fougueuse et dans la fleur de l'âge. C'est une fille naturelle, originaire de la tribu, et qui est devenue fille-mère à son tour. Elle a quitté le collège sans regret malgré un bon niveau scolaire. Elle aurait pu réussir.

---

[19]   Même si elle est de Gatope, une tribu de la région, elle est considérée comme une femme étrangère.

[20]   Emprisonnées. Condamnées.

Daxun : Une très jeune fille encore en âge d'aller à l'école (école primaire). Mais elle a décroché. Ses parents ne s'en occupent pas. Elle est toujours en compagnie de ses grands-parents, surtout de sa grand-mère, qui ne se pose pas de questions à son sujet.

Sinako : Trentaine. Elle et Gina n'ont rien à faire des liens de la tribu. Elles font tout ce qu'elles peuvent pour les ignorer. Elles sont très modernes et très libres. Les liens claniques et la coutume sont pour elles des choses caduques et aberrantes.

Points communs entre les femmes : Elles ne sont pas allées plus loin que la classe de troisième. Certaines d'entre elles n'ont pas fréquenté le collège. Toutes ont été formées par la vie, plus que par les études. Sans doute parce qu'elles n'ont pas eu de modèles de réussite. Elles sont au courant de tous les potins de la tribu. Elles ne se préoccupent pas d'avoir un travail salarié. Elles se contentent de la pêche et des revenus de leurs maris.

———————

Le lavoir de Lonis à Oundjo[21] est un lieu de rencontre pour laver le linge, attendre la poste-mobile ou tout simplement se donner des nouvelles. Un carrefour des quatre vents que tous affectionnent, et plus particulièrement les femmes. Elles y échangent tout ce qui peut s'échanger, et surtout des paroles. Elles échangent pour tuer le temps qui ne meurt jamais. Bien au contraire ! Plus vigoureux que jamais, il les engloutit dans son sillage mortifère.

———————

[21]   *Oundjo* (ou *Xujo*) : seule tribu kanak desservie par la RT1 de Nouméa à Poum.

Boaougane : (...) Paraît qu'une jeune dame emménage dans l'autre case du vieux Doui, celle à côté du magasin de chez Drikone[22] ?

Tchuké : Elle s'appelle Babinema...

Boaougane : Gagné, le vieux Doui, ha ha ha ! (*Silence.*) Comment ? Babinema ? Euh... Bizarre ! Ce n'est pas de chez nous, mais c'est joli, Babinema, Babinema...

Tchuké : Elle vit toute seule avec son gosse de sept ans. Son homme l'a plaquée, c'est triste.

Paulette : Sale connard de mec, va !

Boaougane : C'est vrai, surtout que la petite est vraiment très belle, vous savez ? Je l'ai vue au magasin en compagnie de Gina. Elles allaient à l'école pour la journée des parents d'élèves, samedi matin. Je ne savais pas qu'elle était la personne qui s'installait par là-bas.

Paulette : Son type la battait tout le temps. Tchuké, donne-moi le savon, s'il te plaît. C'est le tricot de sport de Julie. Regarde comme il est sale ! Mon Dieu ! Ces enfants !...

Boaougane : Je me demande ce qui a bien pu la motiver à venir par ici. Il y a deux ans, à la même période, une femme nous était arrivée de Gomen. Elle n'est pas restée longtemps. Elle collait Kiki, le fils de Julietta. Ils s'aimaient très fort. Il fallait les voir. Deux tourtereaux. Ça n'a pas duré. (*Silence.*) Gisèle..., voilà, je cherchais son prénom. Elle est repartie parce qu'elle ne s'entendait pas avec sa belle-mère.

---

22   *Drikone* : Diacre.

Tchuké : Ah! Gisèle. Tu parles… Normal. Tout le monde l'appelait «La Girouette». Tu vois Rosemonde? c'est elle qui lui a donné ce surnom. Elle collait le fils de Julietta pour son fric. À l'époque, Kiki, il travaillait à Wazengo. (*Silence.*) Quand le chat n'est pas là !…

Boaougane : Mère de Dieu! Tu veux dire qu'elle le…

Paulette : Arrête, Boaougane! Kiki, il était aveuglé par sa trop grande passion. Gisèle, c'était sa première liaison. Ils se sont connus à la soirée de l'école du village à l'ancienne mairie. Comment ce pauvre cœur pouvait résister à la vague scélérate? Gigi, quand elle s'habille pour aller au bal… Ce n'est pas pour rester au comptoir. Faut voir! Attention que la piste est trop petite. Et ça tourne, et ça balance… Elle danse. Tu penses, les hommes… c'est pas du solide, ça! Une feuille à tabac qui se colle pour rien sur la langue…

Boaougane : Ces femmes, houlala !!

Tchuké : Ben ça!

Boaougane : Je vois. (*Silence.*) Paulette, t'as l'heure? Je dois aller faire à manger pour la belle-mère du fiston. Ça veut inviter la belle-famille à la maison pour faire joli, mais ça n'est pas capable d'assumer. Pff! Elle est tout le temps seule, la vieille. Et le petit garçon dort dans le salon. J'ai peur qu'il pleure en se réveillant.

Paulette : Neuf heures.

Boaougane : Neuf heures !… Hmadjan! Tiens! Voilà l'autre saleté de gosse. (*Elle gronde Gina.*) Quand est-ce que tu nous amènes ta nouvelle amie? Paraît qu'elle ne parle pas beaucoup ? Viens-t'en, raconte-nous un peu ta Babinema. Très timide n'est-ce pas ? Ça veut !

Gina : Bonjour, vous ! (*Elle danse trois coups sur le plancher.*)[23] La miss ? C'est l'ancienne petite amie de Geoffrey. Voyez Francis, le nouveau conducteur des bus Dubois ? C'est son frère. Maintenant, ce n'est plus Dubois, c'est *Car RAP*[24]. Ils ont eu un petit garçon, Siméon, et après il l'a laissée tomber. Ils ne se voient plus, et ça fait plus de six ou sept ans. Maintenant, Geoffrey a deux enfants avec sa femme, Ida. Elle est aussi belle que Babinema, seulement, elle est plus jeune. Et ça ? Pour les hommes, c'est un plus, il paraît.

Paulette : Ça compte… Et puis ?

Boaougane : Et puis ?

Tchuké : Eh bien, tous les hommes préfèrent les jeunes. Plus jeunes, elles ont quelque chose de plus. De plus que nous, il paraît. Quoi ? Chépa vous.[25] (*Elle regarde autour d'elle et rit. Et toutes les femmes se mettent à rire.*) C'est pas comme avec nous. Elles sont plus souples les jeunes filles (*et elle rit très fort.*) Nous, nous sommes de vieilles marmites. Fini temps.[26]

---

[23] *Elle danse trois coups* : donner trois coups de pieds rythmés sur le sol, comme pour danser.

[24] Nom de la compagnie des bus de transport qui desservent la Grande Terre du nord au sud.

[25] *Chépa vous* : je ne sais pas ce qu'il en est pour vous, je ne sais ce que vous en pensez.

[26] Le temps est fini pour nous. Nous ne sommes plus à la mode. Les hommes ne s'intéressent plus à nous.

Paulette : Ah… par contre, moi, ça m'intéresse. Je pourrais faire la même chose avec les hommes d'une vingtaine d'années. Il faut rendre la monnaie !

Boaougane : Facile à dire. Je n'y arriverais pas, moi. Je ne pourrai jamais m'imaginer avec un homme qui n'est pas le papa de mes enfants ! (*Silence.*) Houlala… moi mort.[27]

Paulette : Tu dis ça parce que t'es coincée, hein ? Ida, oui, elle est très jeune et très belle. Miss joue beaucoup sur ce côté pour tirer les hommes par le bout du nez. Un jour, elle est sortie avec son collègue de travail. Un javanais. Et même qu'elle fait ça avec tout le monde. C'est pour les pièces.[28] Il paraît. Bien fait pour Geoffrey.

Boaougane : Qui c'est Ida ?

Paulette : Elle travaille comme secrétaire à la Province[29], à Koné, mais dans quel service ?… (*Silence.*) C'est la fille de l'ancien pasteur de Noelly.

Boaougane : Ah, je vois. Une fille des Îles. Pas étonnant !

Tchuké : Tcha ! Mais qu'est-ce que t'as contre les gens des Îles, toi ?

Paulette : C'est pas vrai, ça !

---

[27]   *Moi mort* : je préfère mourir.

[28]   Elle fait « ça » pour de l'argent. Elle se prostitue.

[29]   Province Nord. Une des trois divisions de l'archipel de Nouvelle-Calédonie qui se compose des Provinces Nord, Sud et Îles.

Boaougane: Mais arrêtez! On dit toujours que ces planches à voile[30] sont très en avance sur nous. Et tout le monde le dit. C'est eux qui ont apporté la Lumière[31]. Ça reste vrai, mais c'était avant. La descendance… (*Silence.*) la plupart sont malhonnêtes.

Paulette: Net[32]! Beaucoup d'abus. Les enfants des pasteurs abusent de nous. Réfléchissez! Combien de filles d'ici ont eu des enfants de la route[33] avec des garçons des îles, et surtout les fils de pasteur qui ont exercé dans nos tribus. On dirait que la mission pastorale donne le droit à leur famille de venir se servir chez nous. Ils se comportent en plus comme des gens d'ici. Ils ont fini par se sentir plus libres chez nous que nous-mêmes chez nous.

Boaougane: Grave! C'est un manque de respect!

Gina: Attendez, là! Nos frères aussi, ils se sont mal comportés. Ils ne se sont pas dérouillés pour trouver claquette[34]. J'en connais qui sont allés se servir insolemment en enlevant les filles de pasteur de Eika[35]. N'est-ce pas leur faire misère, ça? Hein! Et de deux, on n'avait qu'à ne pas ouvrir les jambes aux fils des pasteurs.

---

[30] *Planche à voile*: Surnom moqueur que les gens de la Grande Terre donnent aux gens des îles Loyauté.

[31] L'Évangile de Jésus-Christ ou bien la bible que l'évangéliste tongien Fao a amené à Lifou en 1842. C'est l'arrivée du christianisme par la voie du protestantisme en Nouvelle-Calédonie.

[32] Vrai, j'adhère.

[33] Enfant naturel.

[34] Trouver chaussure à son pied.

[35] Presbytère.

Paulette : T'es grave, Gina ! Non, mais… je n'aime pas comment tu parles. Nous ne sommes pas pareils, chez nous[36]. Nos coutumes ne sont pas les mêmes. Respecter chez nous, c'est laisser la famille seule, ne pas la déranger. Faut qu'elle soit libre de se sentir bien. Chez les îles, c'est manquer de respect que de ne pas aller vers les autres. Laisser seul quelqu'un dans son coin, c'est l'exclure.

Gina : Ah bon ! (*Très étonnée.*)

Paulette : Gina, mais y a même des filles qui se sentent obligées de se donner à un inconnu pour qu'il ne se sente pas seul la première nuit et même pour une fois seulement. Je t'assure.

Toutes les femmes : Oh ! (*Toutes sont suspendues aux lèvres de Paulette. Personne ne parle plus. Les femmes ont même cessé leur activité.*)

Paulette : Gina, y a des enfants qui naissent de ces rencontres par accident. Une manière de parler. Mais ça, on ne le dit pas. On a honte. On souffre, c'est tout.

Tchuké : Ah… oui. Forcément, quand on a des manières de voir la vie qui sont pas pareilles, on ne peut pas se comprendre. Purée !

Paulette : Encore moins s'entendre.

Gina : Un piège ! (*Elle cligne des yeux, comme si elle venait de faire une découverte.*)

Boaougane : Houlala, les îles ! Vous faites éich[37] les filles, comme dit ma petite Simone… et Babinema ?

---

[36]   Chez nous (les Kanak) en Nouvelle-Calédonie.

[37]   *Éich* : chié. Comme partout, les jeunes affectionnent le verlan.

Gina: Eh bien, Babinema a attendu que son ami revienne. Elle a fini par perdre espoir. Et puis, elle a couru les tribus. Tu parles! Elle a besoin d'un mari pour aimer, mais surtout pour s'occuper de son fils. Mais aucun homme ne s'est jamais attaché à elle. Aucune sincérité. Elle a fini par se retirer tout à fait du monde parce que les gens parlent beaucoup à son sujet. Elle en souffre. Tous les deux ans, son fils et elle déménagent. Au fait, ils sont originaires de Poya, tout là-bas, d'une tribu dans la chaîne: Gohapin. Mais son nom vient de Gomen. Une ancienne tribu, aujourd'hui disparue sous les flots de la Youanga.

Boaougane: Mais t'en connais, ma sœur! (*Silence.*) Je me demande ce que Rosemonde va encore lui trouver comme surnom. Marie-Josèphe!

Tchuké: Deux. «Vingt-deux heures» et «Vol plané». Elle me l'a déjà dit.

Boaougane: Seigneur! Dans le pays, qui ne connaît pas la sœur? Toujours à l'affût. Avec sa bouche de feu pour briser des vies. Ce genre de filles me fait pitié. Babinema, elle ne doit pas faire la trentaine. Tout de même!

Paulette: Elle a eu son garçon très jeune. Grands Dieux! Elle n'avait même pas terminé sa formation de comptabilité à Bourail pour exercer après à la mairie. Elle était promise à ce poste. Toute sa promotion le savait. C'était une jeune fille qui marchait très fort pendant ses années-collège à Tiéta. Elle a viré.

Gina : C'est ce qui arrive aux enfants qui n'écoutent pas. Un bel exemple à ne pas suivre, faut dire à nos fi… Hmadjan ! Le ramassage ! La poste, elle est fermée ! (*Elle lâche tout sur le plancher et s'en va en courant.*)

Tchuké : Vingt-deux que cette Gina va encore se faire tordre le cou par Robert. Vous savez pourquoi qu'elle panique ? (*Silence.*) Elle devait aller à la poste pour retirer des sous. Il faut qu'ils aillent aujourd'hui à Koné pour payer les impôts. Robert a demandé à son chef de quitter plus tôt les ateliers municipaux. Paraît que c'est aujourd'hui le délai. Mais à cette heure, la poste est déjà fermée. Gina… avec toutes ses histoires… c'est normal qu'elle oublie ce qu'elle s'était dit avec son *wet*[38] à la maison.

Boaougane : Y'a pas qu'elle qui oublie. Moi, quand je pars de la maison…

Tchuké : Oh toi ! (*Elle soupire.*) …et puis Gina n'a qu'à aller demain ou un autre jour. Ces hommes ! Faut qu'ils trouvent toujours des chichis pour nous faire des misères. C'est pas possible.

Paulette : La dernière fois, vous savez, Robert, il avait astiqué[39] Gina parce qu'elle parlait à Mérianne. C'était à la maison commune, juste après les fêtes de fin d'année, quelques mois seulement après leur mariage. Vous voyez, son œil gauche, il clignote. Même que l'autre saleté de gosse de Rosemonde lui avait donné « Clignotant » comme surnom.

---

[38] *Wet* : type, homme, mari.

[39] *Astiqué* : rossé, roué de coups.

Tchuké: Aouh, Jean[40]! Pas dire. (*Silence.*) Oui, mais n'empêche que Robert l'aime très fort. Il lui avait même acheté une bague à dix-huit carafes. Elle nous l'a montrée.

Boaougane: Xwiou! Ça veut dire quoi ça? Ça veut faire comme les Blancs, cette mangeuse de manioc!

Tchuké: En plus, c'est même pas dix-huit cara... carafes. Le diamant qui était accroché à l'anneau est tombé tout seul dans les palétuviers. Pas loin du pont. Après le deuil de la vieille Marcelle, on était tout un troupeau de femmes à ramasser les nasses que Jojo et sa femme avaient posées la veille.

Boaougane: Haï tchakess! C'est pas vous, ça? Chercher endroit tout seul, fini gagné dans les palétu...

Tchuké: Tcha! Couché, toi[41], Jojo c'est mon cousin...

Boaougane: Aouh, pardon, vous.

Tchuké: Pas grave, Madame Robert, elle voulait faire sa fille-choc pour nous impressionner avec sa bague à dix-huit, je n'sais pas quoi là. C'était de la camelote. Oui. L'anneau avait déjà perdu sa couleur. Or. Elle avait dit.

Daxun: Carats, pas carafes !! (*Avec insistance.*)

---

[40] *Aouh, Jean!* : expression interjective.

[41] Tais-toi! Le sujet fait partie des interdits et des tabous. On ne doit pas parler de son cousin ou sa sœur, ni de son oncle maternel.

Tchuké : Ferme-la, toi. Rentre pas dans la discussion des grands. Euh… Tu n'as même pas fini la bassine que je t'ai donnée tout à l'heure. (*Elle lui met une gifle.*)

Paulette : Euh… C'est comme dans les films. Voilà ! Les maris offrent des bijoux de grande valeur à leurs dames. (*Silence.*) Mais surtout à leurs maîtresses.

Boaougane : Tchuké, pourquoi Robert avait frappé Gina, à la maison commune, comme tu disais ? Il ne va tout de même pas donner des coups à sa femme pour avoir seulement parlé à Mérianne.

Tchuké : Boaougane, (*Silence.*) …pense bien. Mérianne avait fait le lien entre Gina et Poindé. Poindé, c'était sa montre[42]. Ils s'aimaient. Mais après, Gina s'est mariée à Robert, à cause de la parole de sa tante VTT.

Boaougane : Cette vieille sorcière ! C'est vrai ça ! Je ne l'ai jamais pifée. (*Silence.*) C'est ça, les îles[43].

Paulette et Tchuké : Houlala, toi !

Boaougane : Ça n'est pas étonnant. Cette coutume vient de chez eux. Une coutume où les femmes doivent toujours tout supporter.

Tchuké : Tu n'aimes pas Grand-mère Zanako parce qu'elle est des îles, ou bien tu n'aimes pas la coutume qui vient de chez elle ?

---

[42] *Ce Wac…* watch = montre : La même heure en langue Drehu. Une expression pour designer deux filles qui fréquentent le même homme. Pareillement pour deux hommes dont les agissements sont réglés au métronome d'une seule demoiselle.

[43] Les îles Loyauté.

Boaougane : Oh, les deux. Je vais dire… Daxun, aide-moi à déplier mon pied gauche. J'ai des crampes… (*Daxun lui donne la main.*) Voilà. Comme ça, ma fille. Merci.

Tchuké : Mais Boaougane, tu oublies que ton clan revit à cause de cette coutume. Tout de même ! Aucune fille de notre tribu ne voulait marier pépé Nanamina. Tout le monde lui faisait porter les maux de la Terre entière. Il ne fréquentait plus personne. Tout le temps à la chaîne. Maman me disait que certaines mauvaises langues racontaient qu'il faisait avec les animaux[44]. Tu sais, il fallait écouter ce qui se racontait chez les gens.

Paulette : Boaougane, c'est vrai ce que dit Tchuké. Gué Poapi m'avait dit la même chose. Il fallait écouter les gens se demander au marché de samedi quel chasseur a tué tel cochon sauvage ou tel autre gibier qui arrivait de la chaîne, là-bas. L'histoire a même gagné le village. C'était souffrance aux oreilles… rien qu'à entendre.

Sinako : Mais, si ça se trouve, c'est aussi vrai.

Tchuké : Toi ! Ferme-la ! T'es comme Gué Poapi, t'arrives pour faire le coq, tu claironnes sans demander le sujet de notre discussion. Va donc faire ton service !

Sinako : Fini temps, ma sœur. Arrête, j'arrive de l'école. En plus, il va faire nuit. (*Sinako jauge l'attroupement d'un coup d'œil.*) (*Silence.*) Diane, est-ce qu'elle est avec vous ?

---

[44]   *Qu'il «faisait» avec les animaux* : qu'il copulait avec les animaux.

Tchuké: Mais Kalou[45], on ne l'a pas vue, ou alors elle était-là, mais qu'elle est vite repartie.

Sinako: C'est qu'elle n'est pas à la maison. L'ambulance de Rémy est venue chercher Grand-père et bébé Jérémie est chez Gué[46] Virage. (*Silence.*) Tchuké, Mme Pasteur veut te voir !

Tchuké: Aïe ! Les « mamares »[47]. Elles vont encore me casser les reins. Une meute de chiennes enragées. C'est pas juste. La vieille Eseta va encore bien dérouler sa langue. C'est toujours à cause de toi, Boaougane, tu parles trop.

Paulette: Exact.

Tchuké: Je n'aime pas ça.

Sinako: Certainement qu'elles vont dire que Boaougane et toi avez manigancé un coup, surtout qu'à une heure, les gosses du ramassage ont croisé la voiture de Gérald. (*Silence.*)

Paulette: Le blanc qui travaille à la Sub[48] ? Keterewess ![49]

Boaougane: Aouh Jean !

Tchuké: Ça de wizz ! Hein Boaougane !

---

45   *Kalou* : cousin germain ou cousine germaine, en langue Nixumâak.

46   Grand-mère.

47   Les mégères. *Mamares* est très usité dans la région, à la place de *commères*.

48   Subdivision.

49   *Keterewess* (ou *Hmadjan*, ou Ça de wizz) : Interjections. Expressions caractérisant une explosion de joie.

Boaougane : Couché ! …Vos bouches ! Quelqu'un a un mob ? Non, non, je vais appeler de la maison. Purée ! Je n'arrive même plus à me déverrouiller les jambes. Daxun, ma fille, prête-moi la main et décroche mon sac du tronc du cocotier. (*Elle se lève et fait le geste de partir.*) Eh, vous-là, je vais rentrer. À demain.

Tchuké : À demain ? Quoi ! Pff ! T'as oublié ?

Boaougane : L'anus à Pasteur ![50] Pardon Jésus ! Ah oui, j'allais oublier le bingo de l'autre sale race de Gina. Fais-moi rappeler ça, Daxun, ma fille. Allez, on rentre. À tout à l'heure, donc.

Voix de toutes les femmes : Taltoul, ma poule[51] !

---

[50]   *Anus à Pasteur* : expression interjective. Dans le parler de tous les jours, les interjections ont très souvent un rapport avec les parties intimes.

[51]   À tout à l'heure, ma poule !

Ekölöini[52], l'aurore des solitudes

Plusieurs années s'étaient écoulées depuis leur mariage[53]. L'homme s'appelait Selima. La femme s'appelait Maselo. Ils s'aimaient très fort. Leur entente et l'harmonie de leur foyer plaisaient assurément aux notables de l'île. Selima et Maselo servaient de modèle aux jeunes qui fondaient un couple.

Ils vivaient à Mou, sur l'île de Lifou, une des tribus de Lösi, dans le royaume de Coo. Tout ceci eut lieu en mars 1875, peu avant le raz-de-marée qui fit déplacer la grande chefferie vers *Hnakej*, dans les hauteurs où elle se situe encore aujourd'hui.

Lorsque le temps des récoltes arriva, cette année-là, tous les habitants îliens tournèrent leur convoitise vers Maré. Tandis que certaines personnes s'émurent

---

[52]   *Ekölöini* : je suis touché, bouleversé, ému.

[53]   Il n'y avait pas de mariage avant l'arrivée de l'Évangile à Lifou. Quand l'évangéliste Fao débarqua sur l'île en 1842, le grand-chef avait un harem de vingt-trois femmes.

de la longueur des ignames que produisait l'île, et des grappes de fruits comestibles qui pendaient sur ses arbres, d'autres s'y étaient déjà rendus pour goûter à ces tubercules qui sentaient si bon.

À cette époque, certains piroguiers proposaient aux îliens épris de rêves et d'aventures de leur faire découvrir de lointaines contrées.

Un jour, quelques sujets du Lösi, animés par le rêve d'aller à Nengoné, se rendirent sur la plage de Mou, à *Ahmelewedr*. Leur désir allait être comblé. Ils allaient partir sur Maré, à bord de la barque d'un fils de notable du pays.

Le capitaine de l'embarcation, tout confiant, leva l'ancre.

Le temps était paisible, la mer calme.

Sur ce bateau en partance se trouvaient Selima et Maselo. Les passagers, tellement heureux d'appareiller, s'enivrèrent alors de vieilles comptines et de berceuses loyaltiennes, autant que du vent du large.

Lorsque l'île de Lifou eut entièrement disparu à l'horizon, le vent se leva et devint si violent qu'il transforma la mer en d'immenses montagnes de vagues. La voile se déchira et la barque se retourna, vulgaire brindille flottant sur le vaste océan. Certains passagers disparurent avec l'esquif. Les autres, ballottés par les flots déchaînés s'appelaient et se soutenaient mutuellement.

Selima nageait, toujours aux côtés de Maselo, son épouse. Ils s'encourageaient l'un l'autre dans l'épreuve. Leurs efforts et leurs encouragements réciproques les amenèrent ainsi, brassée après brassée, vers *Laliexuj*, l'îlot des cabris. Cet îlot était malheureusement difficile d'accès à cause des rochers abrupts qui le bordaient. Le courant, ignorant leur fatigue, les repoussait sans cesse vers le large.

Ils tentèrent de contourner l'îlot, espérant y trouver un endroit plus accessible.

En vain.

L'épuisement eut bientôt raison de Maselo.

Des crampes aux mollets diminuaient ses chances de survie. Dépassée par l'épreuve, elle jeta un cri de désespoir en direction de son époux: «Mon seul amour, sauve-moi. Les flots m'engloutissent.»

Et Selima de répondre: «Maselo, tout ce qui est en rapport avec notre vie de couple comme toute l'amitié que j'ai toujours eue pour toi, finit en ce moment et ici même, sur ces flots.»

La réponse lui vint comme s'il l'avait apprise par cœur. L'époux tourna alors le dos à sa femme et s'éloigna sans tarder. La mort inéluctable de celle qui avait été sa compagne pesait sur son cœur autant que la fatigue.

Après maintes tentatives, Selima trouva enfin un endroit où la côte était abordable. Il déchira ses mains sur les pointes acérées des rochers, mais parvint sur la terre ferme et se trouva parmi les premiers rescapés du naufrage. Les uns et les autres se félicitèrent d'avoir échappé à la noyade.

Quelle ne fut pas la surprise de Selima, qui n'avait pas encore eu le temps de se sécher, lorsqu'il vit arriver Maselo !

Alors que son mari venait de l'abandonner, une vague plus grosse que les autres avait soulevé Maselo et l'avait déposée sur la terre ferme.

Selima se précipita vers son épouse et voulut lui prendre la main. Elle le repoussa.

Plusieurs jours s'écoulèrent sur l'îlot des cabris. Pour Selima, il devint évident que Maselo ne lui accordait plus son cœur comme autrefois. Son comportement rétif l'inquiétait fortement, le renvoyant aux terribles paroles qu'il avait prononcées, alors même que son épouse était sur le point de sombrer dans les noirceurs abyssales de l'océan.

Sur l'îlot, la soif était la principale préoccupation. Sans eau douce, les naufragés devaient se contenter de l'eau saumâtre qu'ils recueillaient sur le rivage à marée basse. Ils ne devaient leur salut qu'à la fertilité du sol. Des cocotiers chargés de noix et d'autres arbres à fruits comestibles s'offraient à eux. La viande abondait également : celle des cabris et des crabes de cocotier. Sans compter la nourriture qu'ils pouvaient tirer de la faune et de la flore aquatique.

Par une journée ensoleillée, alors que Maselo se trouvait sous une palme, l'envie lui prit de cueillir deux cocos verts. Elle n'en but qu'un seul. Sur la peau de l'autre, elle grava ces paroles : « Debout sur les rochers de l'îlot des cabris, Maselo pleure sur son sort, le regard tourné vers les falaises de Jua e Hnawe qui se détachent au loin dans la brume. »

Elle jeta ensuite le jeune coco marqué dans la mer.

Passèrent des jours et des semaines.

Un matin, sur le rivage de *Niekej*, deux adolescentes, portées par le hasard, l'ardeur juvénile et le jeu, trouvèrent enfin le « courrier » flottant. L'une d'elles lut le message à haute voix à l'intention de l'autre. Le « coco-coursier » captivait l'attention des deux lectrices. Il fut bientôt passé de main en main et fut même introduit à la chefferie. La nouvelle du naufrage du voilier parti pour l'île de Maré se répandit dans la tribu et bien au-delà.

Les propriétaires des voiliers qui n'avaient pas été abîmés par le raz-de-marée et d'autres piroguiers se concertèrent alors sur-le-champ pour se rendre sur l'îlot des cabris et rapatrier les survivants du sinistre.

Enfin de retour sur le rivage d'*Ahmelewedr*, Selima allongeait sa foulée, suivi de Maselo, son épouse. Ils étaient heureux de retrouver leur foyer.

Les deux époux cheminèrent ensemble jusqu'au domicile déserté depuis trop longtemps.

Selima s'engouffra le premier dans la case pour s'asseoir sur la natte repliée à côté de l'âtre. Quant à Maselo, elle demeura sur le seuil de la demeure conjugale, figée telle une stalagmite. Elle ne pouvait plus contenir la honte et la souffrance qu'elle endurait depuis plusieurs mois. Penchant la tête, elle observa l'intérieur sombre du foyer où avait pris place Selima.

Elle dit alors : « Qui suis-je pour toi, Selima, toi qui, jadis, flattais mon orgueil ? Ne suis-je pas déjà un être mort, englouti par les flots ? Mieux vaut m'en aller. Je te dis adieu. » Ce flot de paroles fut déversé calmement et d'une seule traite. Maselo pivota ensuite sur elle-même et s'éloigna avec gravité pour ne jamais revenir.

Selima, figé en tailleur sur la natte humide et moisie, garda longtemps la tête basse. Ses yeux fixaient les insectes qui grouillaient dans la cendre où ils avaient creusé des petits trous en guise d'habitation. Les petites bêtes avaient déjà pris possession des lieux. La gorge nouée par les sanglots, Selima jaillit soudain hors de la case et se lança dans une course éperdue à la poursuite de Maselo. Mais il était trop tard et il le savait. Désormais, il serait seul.

Quand la coutume bombarde

Un soir, en revenant des champs, Opaqagö partit droit à la citerne du réservoir d'eau. Il y puisa un seau et se lava les mains. Il s'apprêtait à aller dans la case lorsqu'il croisa l'une de ses filles qui revenait du magasin de la tribu, *Ponoz épicerie*. Elle était allée faire quelques courses avec la puînée qu'elle poussait dans son landau. Opaqagö ne les remarqua même pas. Il était éreinté par sa rude journée qui avait commencé à l'aurore. Sa fille aînée l'interpella.

— Papa, est-ce que tu n'es pas malade ? Je suis allée acheter des vermicelles et des épices. J'ai préparé ta soupe. J'ai bouilli la poule une bonne partie de la journée.

Son père restait silencieux.

— As-tu oublié ton vin ? reprit-elle.

— Non, ma fille, je suis plutôt très fatigué. J'ai passé toute la journée à creuser les ignames de mon champ avec ton fils. Des grosses. Des *Numea* et des *Kupet*. Et je ne suis même pas arrivé à la moitié du champ. Faudra que maman et toi veniez pour donner un coup de main, dit Opaqagö.

— Ben... maintenant, on sait que Kujini est un nom béni. On peut donner son nom aux champs et à nos bêtes à la maison. On ne risque rien.

— Tu as raison, ma fille. Tu vois, pendant le synode de l'église, à Luengöni, j'ai donné le cochon qui portait, lui aussi, le prénom du petit. Les délégués des différentes paroisses n'ont pas réussi à en manger toute la viande, tant il y en avait. Les jeunes l'avaient pourtant cuisiné de plusieurs façons. Et tu vois, nous avons bien fait de l'offrir au travail de Dieu. Nous avons été récompensés en retour.

— Comment ça ?

— Ben, quand on arrive des champs, on entend de loin le bouillonnement de la vie. Ça crie, ça chante, ça pleure. Ça veut dire qu'il y a du remous à la maison. Et puis on est content. Mais personne ne fait plus attention à cela. N'est-ce pas simplement ça, la vie ?

*
* *

Le lendemain, Opaqagö accompagna Mamako, son épouse, pour amener leur petit-fils Kujini au centre médical de Wé. Ils étaient arrivés très tôt par la navette du matin, après une mauvaise nuit, à cause de l'enfant qui avait de la fièvre et qui n'arrêtait pas de pleurer.

Il y avait du monde, maintenant, dans le hall de l'hôpital, mais son épouse avait tout de même réussi à se procurer un ticket qui lui permettait de passer chez le médecin dans la matinée et de ne pas avoir à revenir le lendemain. Les gens, surtout les femmes, causaient haut en berçant leurs petits dans les bras. Mamako attendait son passage avec l'espoir que son mari réussirait à vendre le contenu de son panier en feuille de cocotier : des ignames et des patates douces. Opaqagö attendait sous le sapin devant la mairie de Wé, un endroit où, parfois, les gens de l'île improvisaient un mini-marché, quand ce n'était pas le jour du marché communal. Voilà que des ivrognes dans une voiture l'abordèrent pour lui demander quelques pièces de monnaie. Il leur fallait encore de l'alcool. Comme si boire et demander de l'argent à autrui était un dû. C'étaient des cousins de son épouse. Un cousinage fort éloigné puisqu'il remontait à quatre générations. Peu importe. Ils étaient toujours proches par le travail et la vie quotidienne.

— Hé Boo[54], t'aurais pas des pièces pour nous. On vient de votre kermesse. Wanamatra[55]! On ne vous a pas vus. Remarque, il y avait beaucoup de monde, lança un homme depuis la voiture.

Opaqagö tiqua. Il n'avait pas d'argent sur lui, les autres auraient dû le comprendre. Il mit sa main devant sa bouche, pencha la tête et leva les yeux à la façon d'un poète attendant l'inspiration de sa bonne étoile.

— Et où est-ce que vous allez ? leur lança-t-il.

— Au magasin, mais on n'a pas beaucoup de pièces. On voulait juste que tu nous dépannes pour quelques boîtes seulement.

— Repassez ! Euh… Pas ici. Je vous attends de l'autre côté de la route, au monument aux morts.

---

[54] Le « o » doit être prolongé. *Boo* = beauf ; beau-frère.

[55] *Wanamatra !* : interjection.

La réponse de Opaqagö avait été sèche. Il avait décidé de relever le défi des hommes.

La voiture dont le moteur continuait de tourner démarra. Son vrombissement était encore dans ses oreilles lorsque Opaqagö se fit aborder par une dame. Une grande dame. Une dame de la ville. Son parfum l'attestait. Il n'eut même pas le temps de réfléchir. Elle l'accosta dans un français pointu.

— Bonjour, oncle Opaqagö, je voulais justement vous voir. Je suis passée à la tribu et les enfants m'ont dit que vous étiez ici avec tante Mamako. Votre petit-fils est malade, m'ont-ils dit. Vous n'avez pas dormi de la nuit. C'est bien normal ! Cette moiteur est malsaine, surtout pour les enfants. Mon Dieu !

Opaqagö ne sut pas quoi répondre. Il était submergé par le flot de paroles, tout autant que par l'enivrant parfum. Rebecca, dans sa tenue de travail ! Épouse de son neveu et directrice de la banque de l'île. Opaqagö avait mis beaucoup de temps à la reconnaître.

— Oui.

— Ton neveu m'a dit qu'il arrivait le mois prochain pour faire son tro[56]. Il est l'oncle maternel de Madue de Xodre. Normalement, ce n'est pas à lui d'assurer le travail, mais Isilie, la maman, l'a appelé pour dire que sa coutume de mariage avait été mangée[57] à Gapëejolen.

— Oui.

---

[56] *Tro* : Une coutume ; ici, un geste coutumier pour un mariage.

[57] *Manger* (ou « donner ») une coutume : pour sceller un pacte entre le donneur et celui qui la reçoit.

— La coutume pour te demander ce travail, je l'ai laissée à la tribu avec les filles. Elles te la remettront. D'accord ?

— Oui.

— Combien tu vends ton panier d'ignames ? Ah ! je vois aussi des feuilles de chou des îles et des patates douces. Des *kari*. Elles sont belles, celles-là ! Je vais les acheter. À combien tu les vends ?

— Euh… pas la peine. Tu vas les prendre ! Loinöj, c'est mon neveu. Elle est où, ta voiture ?

— Non, je vais te les acheter. Je sais qu'au marché communal du mercredi, un panier comme le tien s'affiche dans les six à sept mille francs. Avec les feuilles, houlala ! Beaucoup de feuilles qui est à trois cents francs le paquet, j'arrondis… disons à dix mille. Ça te va ?

— C'est toi[58] !

— À qui sont les crabes qui sont dans l'autre panier ?

— À lui, là-bas.

Opaqagö pointait de l'index un homme qui discutait de l'autre côté de la route, à l'arrêt des navettes.

— Bon. Je n'achète que tes produits, surtout que ce n'est pas la saison des crabes. Je vais me faire verbaliser si je les emballe dans mes colis. Je prends l'avion, là, en fin de matinée. Euh… voilà pour ton marché. Mais je te donne le double.

Rebecca lui remit trois billets de cinq mille francs et des billets de mille. Vingt mille francs pour une matinée !

---

58   Comme tu le penses/veux.

— S'il te plaît, oncle Opaqagö, peux-tu charger tout ça dans la voiture. Elle est garée dans la cour de la mairie. Elle est ouverte, attends-moi là-bas. Je vais voir le président de la Province et je te rejoins. Je n'en ai pas pour longtemps.

Après avoir rangé soigneusement les sacs dans le coffre, Opaqagö attendit. De l'autre côté de la route, les soûlographes attendaient aussi. Ils n'avaient pas mis bien longtemps pour acheter leurs boissons au magasin. Ils avaient sûrement suivi les tractations entre Rebecca et Opaqagö. Opaqagö leur fit signe qu'il allait les rejoindre. Il traversa la route en ceignant son paréo et en remettant la couverture de son petit-fils sur son épaule. Mamako la lui avait laissée expressément pour qu'il n'oublie pas la raison première de leur venue dans la capitale.

— Tenez! C'est tout ce que je peux vous donner. Il tendit la liasse de billets au conducteur. Les autres hommes ouvrirent grand leurs yeux.

— C'est top, mais c'est trop. C'était une manière de parler, tout à l'heure, quand on t'a vu, Boo. Mille francs, c'était suffisant. Reprends le reste.

— Prenez donc! Donnez-moi seulement une boîte si vous en avez.

Quelqu'un sortit une boîte de bière de l'habitacle.

— Et tu rentres comment à Hunöj? demanda le conducteur, proche cousin de son épouse.

— Par la navette à Jooc.

— Monte, on t'amène.

— Non, je suis avec ta sœur. Elle est à l'hôpital avec ton petit-fils. On n'a pas dormi de la nuit.

— Dis à Mamako de m'attendre. Je vais laisser ma bande et je vous rejoins avant l'heure de départ des navettes. OK?

— OK!

La voiture démarra, emportant avec elle ses effluves capiteux et sa musique des temps anciens, c'est-à-dire de leur génération. Opaqagö revint attendre Rebecca dans la cour de la mairie. Rebecca, le maire et le président de la Province étaient sur le perron.

Avant de dire au revoir à Opaqagö et de s'engouffrer dans sa grosse voiture, Rebecca sortit un autre billet de cinq mille francs de son portefeuille et de son sac tout parfumé.

— C'est pour les soins du garçon. N'oublie pas de donner ça à tante Mamako. Embrasse-la de ma part.

Elle ferma la portière et fit reculer la voiture. Opaqagö attendit qu'elle termine sa manœuvre. La vitre descendit. Rebecca dévisagea l'oncle de son mari. Bouffi et très maigre.

— Oncle, ce n'est pas bien de toujours boire. Prends bien soin de toi. Au revoir.

La vitre remonta et la voiture disparut. Opaqagö resta quelque temps après le départ de la voiture. Il pensait à tout ce qui venait de lui arriver. Il pensait surtout à l'argent qui suivait son cours. Glissant!

*
* *

— Ça y est? Qu'est-ce qu'il a dit, le docteur?

— Dieu, merci, on a réussi à passer, voilà le papier pour les médicaments à prendre à la pharmacie. On y va. Tu portes bébé. Je prends le sac.

Mamako pressait son mari de quitter l'hôpital pour se rendre à la pharmacie.

— Tu sais, heureusement, qu'on était parmi les premiers. Après nous, l'ambulance a descendu une femme. Grave ! Tu sais c'est qui ? Sialolo. Elle a fait un ABC[59], ils ont dit. Elle ne parlait plus. Seul Dieu connaît. Moi je dis, ce soir ou demain.

— Arrête de dire des idioties comme ça, toi. Bête !

— Mais faut voir comment elle était, Opaqagö ! Et les femmes qui l'ont vue ont parlé comme moi. Avant ton arrivée, les pompiers étaient déjà repartis pour Wanaham[60]. Tous feux allumés. Moi, j'avais peur. Y'a pas que ça…

Mamako allait embrayer sur une autre histoire lorsque le klaxon d'une voiture derrière eux les fit se retourner.

— Iwaanë, dit machinalement Opaqagö. Il m'avait dit de l'attendre à l'hôpital avec toi.

— Iwaanë, ça fait longtemps. Elle est où, madame et les enfants ?

— À la maison.

Opaqagö interrompit Mamako qui continuait de parler pour lui remettre son petit-fils. Il fit ensuite le tour de la voiture pour monter à l'avant.

---

[59]   AVC.

[60]   Terrain d'aviation de l'île.

— C'est toi qui nous amènes? Mais, on va à la pharmacie…

— Hé, monte. Il a d'autres courses à faire.

Mamako monta à son tour avec l'enfant. En présence des autres, elle n'osa pas reparler des histoires de l'hôpital.

Lorsqu'ils passèrent devant l'arrêt des navettes, Opaqagö fit un signe de la main à Jooc pour lui demander de passer à la maison afin d'y récupérer le prix de sa course du matin.

Lorsqu'ils arrivèrent devant la pharmacie, Mamako remit son sac à main à son époux qui descendit pour acheter les médicaments. Iwaanë le suivit et, au moment de régler la facture, il passa devant son beau-frère.

— Laisse, Boo. C'est pour moi.

— Oleti, marmonna Opaqagö.

La voiture fila ensuite droit vers Hunöj. À *Ponoz épicerie*, elle s'arrêta comme d'elle-même. Les deux hommes en descendirent. La voix acrimonieuse de Mamako jaillit depuis l'habitacle.

— Vous allez faire quoi? Y'a Kujini qui veut aller avec vous.

— C'est sa grand-mère qui l'a réveillé, grommela tout bas Opaqagö. Viens, grogna-t-il à Kujini.

— Arrête Opaqagö, le petit s'est réveillé tout seul. Il a faim, il n'a pas pris son petit déjeuner ce matin. Ben, lui et moi… euh… achète aussi du pain et du poulet pour la maison.

Opaqagö s'éloignait déjà vers l'entrée du magasin en compagnie de Iwaanë et du petit garçon. Lorsqu'il fallut passer à la caisse, Iwaanë devança encore son beau-frère pour régler la douloureuse.

*
* *

À la maison, les filles accoururent vers la voiture en voyant que les parents rentraient tôt. Elles criaient le prénom de leur oncle Iwaanë qu'elles avaient reconnu. Celui-ci s'étonna de les voir aussi grandes, certaines d'entre elles portant déjà des enfants. Tout ce monde entoura la voiture qui roula au pas jusqu'à la maison en tôles ondulées. Opaqagö, Mamako et l'enfant en descendirent tandis qu'Iwaanë, toujours au volant, demandait à Göimelë, l'aînée de la maison, de décharger le carton de vivres du coffre.

Opaqagö et Mamako se regardèrent dans les yeux, étonnés de cette initiative. Dans la foulée, Iwaanë héla Opaqagö pour lui remettre trois billets de cinq mille : quinze mille francs ! D'une même voix, le couple refusa le geste. Mais Iwaanë insista. Opaqagö prit finalement la somme et gratifia Iwaanë d'un petit discours de remerciement. Le temps sembla soudain suspendu. L'attention de tous se concentra sur les larmes de la maman et sur la voix saccadée du papa qui articulait ses mots en tremblant. L'oncle, pendant tout ce temps, n'était pas descendu de la voiture. On voyait bien qu'il était pressé de repartir.

Quand Mamako demanda aux filles de mettre de l'eau à bouillir sur le fourneau, Iwaanë remit le moteur en route.

— Merci, ma sœur, je suis pressé. Une prochaine fois. Je repasserai vers chez vous.

Et il fit reculer la voiture au milieu de la famille en U qu'il sembla juger du regard. Toute la misère qui se cachait habituellement sous le toit de la maison s'étalait à présent sous ses yeux. Une famille d'alcoolique et de filles-mères… la vermine de la civilisation kanak. Il y en avait assez pour noircir un soleil. Opaqagö était un piquet au pied duquel était posée la toxine, la sienne : une bouteille de whisky, des berlingots de vin, et des packs de bière. Mamako tenait leur petit-fils par la main. Il continuait de s'empiffrer de ses gâteaux qui rendaient les autres gamins jaloux.

La voix de Göimelë rompit le silence :

— Maman, l'eau bout.

— Oui, ma fille, on arrive. Tonton, est parti.

Elle lâcha malencontreusement la main de Kujini pour avancer vers la maison. Malheur ! Les autres enfants fondirent sur lui comme des poules pour se disputailler ses biscuits. Kujini hurla et fit se retourner sa grand-mère.

— Vous voyez pas qu'il est malade ? Pff ! Ces enfants !

Sa voix était pleine de lassitude. Elle les gronda comme on gronde des chiens qui se bagarrent pour un os.

Opaqagö appela Kujini et lui tendit la somme d'argent qu'Iwaanë lui avait remise.

— Va donner à Qaaqa[61].

Puis il ramassa les bières, le vin et le whisky posés à ses pieds et s'éloigna vers le figuier.

Voyant cela, Mamako s'arrêta et revint sur ses pas. Elle attendit Kujini qui courait vers elle tout joyeux. Il ne pleurait plus. Elle le prit dans ses bras grands ouverts et entra dans la maison pour rattraper son petit déjeuner raté et pour administrer les médicaments à son petit-fils.

Deux cartons étaient posés sur la table, et au milieu, trois-pièces de tissu dont l'une contenait des billets de banque. Une coutume. Elle s'empressa d'ouvrir les cartons et vit des bouteilles d'alcool ; du vin et de l'alcool fort, et dans l'autre, des vivres. Le manger des Blancs.

— Qui c'est qui a amené tout ça ? demanda-t-elle à sa fille.

— Une dame, on dirait une Noire, répliqua sa fille.

— Noire comment ?

— Une Noire blanche[62]. Je connais pas.

— Comment ça, « je connais pas » ?

— Mais Maman, elle a pas dit son nom. Elle a seulement dit de vous remettre ça. À toi et papa.

— Attends !

Mamako prit le carton d'alcool pour le glisser derrière le fourneau. Une bonne cachette. Opaqagö ne risquerait pas de le dénicher à cet endroit. Puis elle se mit

---

[61] *Qaaqa* : grand-mère.

[62] *Noire blanche* : une femme kanak vêtue à l'européenne.

devant la porte pour appeler son mari. Elle vit qu'il avait bien entamé le pack de bières et qu'il commençait à vaciller sur ses jambes. Il ne lui manquait pas grand-chose pour rejoindre son monde et mettre le souk dans toute la maison. Il fallait s'attendre à des problèmes dans l'après-midi. Et le soir, tout le monde irait encore chercher un toit chez la famille voisine.

— Laisse, on lui montrera les tissus et les sous après.

Et elle se mit à table avec son petit-fils. Ils déjeunèrent.

Tuut… tuut !

— C'est qui ? demanda Mamako depuis la table.

— C'est grand-père Jooc, répondit la voix d'une petite-fille dans la cour.

— Tiens, dit Mamako à Göimelë. Va lui donner ça. C'est pour la course de ce matin.

Göimelë sortit et courut vers la route, évitant de regarder en direction de son père, à présent assis sous le figuier et qui parlait au vent.

— Ça y est ? demanda Jooc à Göimelë lorsqu'elle fut parvenue à la navette. Il est déjà parti ton père ? Il était pourtant bien, ce matin.

Göimelë ne répondit pas. Elle fuyait le regard de Jooc et des autres passagers de la navette comme si c'eut été à elle de justifier l'état d'ivresse avancé de son père. Un père alcoolique, c'est vraiment une plaie ouverte chez l'enfant. À vie.

Tuut… tuut ! fit encore la navette de Jooc.

Deux coups de corne qui firent jaillir un flot d'insultes depuis le figuier. Tous les passagers de la navette se mirent à rire. Certains criaient aussi « Nyisolamel ! », le surnom que s'était lui-même attribué Opaqagö, et qu'il gravait sans cesse sur les troncs des arbres, comme un adolescent attardé.

Depuis le figuier, la silhouette répondait en rentrant spasmodiquement la tête dans les épaules, en lançant d'autres insultes et en exhibant de vilains gestes qui firent réagir encore plus les voyageurs. Par jeu, Jooc fit sonner d'autres coups de klaxon, déclenchant d'autres cycles d'insultes et de rires.

*
* *

La famille avait quitté la maison pour éviter les débordements d'Opaqagö. Au petit matin, tout le monde revint à la queue leu leu. Mamako devant, suivie de toute sa marmaille, chacun portant sa couverture dans la fraîcheur matinale. Comme une tortue et ses petits portant leurs carapaces. Opaqagö était déjà parti au champ. Il n'avait même pas bu tout son alcool. Les packs de bière avaient suffi à l'endormir. Le reste était étalé sur la natte pêle-mêle. En réserve pour les jours suivants.

— Il faut rejoindre papa. Il doit être au champ, dit Göimelë. Hier soir, il m'a dit qu'il serait bien que tout le monde aille lui donner un coup de main pour déterrer toutes les ignames.

— Allez-y, vous autres. Je vais rester avec Kujini. Il a encore de la fièvre, reprit Mamako qui espérait enfin se reposer.

Tout le monde prit le petit déjeuner et fila encore à la queue leu leu en direction de Kolojë, la route des champs, Göimelë en tête de la file.

Il faut toujours beaucoup de mains pour les récoltes chez la famille Opaqagö.

*
* *

À la mort de la lune du mois d'août de l'année précédente. Opaqagö et Mamako étaient au champ. Il pleuvait des larmes d'enfant[63]. Une pluie fine, comme pour marquer le nouveau cycle lunaire, arrosait la terre fertile de Ifij qui allait recevoir les plants d'ignames, telle une femme féconde. Mamako était à nouveau sous l'emprise de ses crises d'asthme. Une santé fragile qui l'amenait souvent chez le médecin de l'île, mais aussi chez de fabuleux sorciers faiseurs de décoctions magiques.

— Pars devant, dit Opaqagö. Je vais finir de planter la dernière parcelle. Il ne reste pas beaucoup de semences.

— Ça ne me dérange pas de rester. Je vais attendre dans la cabane qu'il arrête de pleuvoir.

---

[63] *Treijene medreng*: littéralement «pleurer comme un nouveau-né» pour designer la pluie fine.

— Tu peux allumer un feu, il reste encore du bois de la dernière fois. Y'a un régime de bananes sur le fumoir. Elles doivent être bien mûres.

Quand Mamako ouvrit la porte, elle fut surprise de se trouver nez à nez avec des rats qui s'éparpillèrent à sa vue. Elle resta figée devant la vieille porte en tôle ondulée avant de pénétrer dans la pièce. Lorsque ses yeux se furent accommodés à l'obscurité, elle vit un amoncellement de fruits d'igname et de petits tubercules jonchant le sol. C'était ce que son mari avait « rangé » là, comme il disait. Il y avait plus de cinq cents pièces dont la plupart, par manque de lumière, avaient pourri. Il y aurait eu de quoi planter un champ. Devant ce spectacle, Mamako faillit s'étouffer. Des larmes lui montèrent aux yeux. L'igname, c'était sa vie, la vocation de toute sa lignée. Une vibration désagréable lui crispa la poitrine. Elle s'efforça de se contrôler comme elle savait le faire. L'asthme ne vint pas. Elle tendit sa main vers le fumoir. Du régime de bananes, il ne restait que le moignon. C'était ce que les rats et les autres bêtes des ténèbres avaient laissé. Elle s'immobilisa. Dehors, la pluie se calmait. Des gouttes d'eau tambourinaient encore sur la vaisselle empilée en dessous du pandanus, derrière la cabane. Opaqagö ne vit même pas son épouse sortir de l'abri avec son couteau, les fruits d'igname et des petits tubercules soigneusement enroulés dans sa robe. Elle avança jusqu'à une parcelle délaissée par Opaqagö. Dix mètres par cinq, seulement. Elle espérait sauver quelques semis pour les nouvelles plantations. Il faut avoir foi en la terre nourricière. Elle s'agenouilla, écarta la mousse de la surface et enfonça profondément la pointe de son couteau. Puis, d'un mouvement brusque vers le côté, elle ouvrit la terre pour y enfoncer une semence. Cet exercice qu'elle répéta aussitôt lui procurait un plaisir immense. Un plaisir jouissif.

Quand Opaqagö eut terminé le travail pour lequel il avait demandé à Mamako de l'attendre, il partit la rejoindre. Quelle ne fut pas sa surprise lorsqu'il découvrit son épouse en plein labeur ! Elle ne l'avait même pas entendu arriver. Quand il était rentré dans la cabane, son épouse n'y était pas. Il avait constaté que, du tas de fruits d'igname et de petits tubercules, il ne restait que les plus petits, pourris et moisis, bons à être jetés comme nourriture à la terre et aux éléments. Mamako était assise à même le sol. Toute mouillée et haletante. Elle plantait et nettoyait en même temps l'endroit, en arrachant les herbes folles qui avaient poussé depuis les dernières semailles. La parcelle avait été laissée en friche. Le feu avait brûlé plus que nécessaire ce qui était resté de la récolte précédente et la terre était demeurée dans la noirceur du brûlis. Le couple avait prévu d'y faire les plantations destinées aux coutumes de la nouvelle année. En attendant, des *tu* et des *kacatr*[64] avaient pris possession de l'endroit. Les *tu*, c'étaient les herbes sauvages desquelles son mari et elle étaient venus cueillir les cœurs pour les cuisiner dans du jus de coco et les donner à leur fille Cadran, quand elle était sortie de la maternité. Cadran allaitait déjà un autre petit-fils, celui à qui elle avait donné le prénom de son grand-père, Opaqagö. Ces feuilles donnaient beaucoup de lait

---

[64] *Tu* et *kacatr* : De la mauvaise herbe qui prend possession des sols après le brûlis et qui est très dure à arracher.

aux mamans, rendaient les enfants vigoureux dans leur croissance et les femmes encore plus fécondes pour une nouvelle maternité.

*
* *

Bien des mois plus tard, comme souvent, la terre démontra qu'elle savait tenir ses promesses. Les semences plantées par Opaqagö et Mamako avaient prospéré et avaient donné une récolte abondante. Mais, d'autres pensées occupaient à présent les esprits : un deuil se préparait.

Le lendemain de l'évacuation de la vieille Sialolo sur Nouméa, sa famille avait appris que sa maladie était déjà trop avancée et qu'il n'y avait plus rien à faire pour elle. Sialolo s'en était allée quelques jours plus tard. Ce n'était pas son demi-siècle d'existence qui l'avait tuée. Elle avait été cueillie à froid par tous les sacrifices qu'elle s'était imposés. Des veilles innombrables, à cause de toutes ses responsabilités, et aucun jour de repos pour « faire aller la chose ». Elle s'était offerte en pâture à la vie communautaire. « C'est pour la Vie » répétait-on dans les discours. Sialolo avait incarné cette expression. Elle avait offert sa vie pour la Vie.

Il faisait beau et presque toute la population de l'île était au sanctuaire de la tribu, comme toujours en pareille circonstance. Ici et là, on honorait la mémoire de la défunte à voix basse. Quelle femme, quand même ! Une de ces mamans qui avaient livré des guerres pour la cause des femmes et pour préserver la cohésion sociale à Drehu et dans le pays tout entier ! C'était ce que voulaient Jésus-Christ et surtout les vieux de l'île depuis 1842[65].

Manon, venu expressément de Nouméa avec une délégation de femmes du gouvernement de la Nouvelle-Calédonie, suivait la liturgie d'enterrement de très loin. Loin, là-bas, sous un saule, un amoncellement d'herbes arrachées et de fleurs retirées des tombes lui servait de siège sur un petit tumulus. Une ancienne tombe qui n'en était plus une. L'herbe l'avait recouverte et son épitaphe avait disparu. Raymond et Gabriel suivaient le déroulement de la cérémonie en sa compagnie. Eux aussi venaient de loin. Manon avait dû laisser son travail pour se libérer. Il était arrivé juste à temps. La délégation ne s'était pas encore rendue à la maison pour présenter la coutume d'entrée. Tous les membres tenaient à assister à l'événement. La personnalité et l'engagement de la défunte étaient tels que quiconque l'ayant fréquentée de son vivant se sentait dans l'obligation de venir à ses obsèques.

C'était un devoir !

Malheureusement, une fois de plus, l'alcool démontrait les dégâts qu'il provoquait sur le genre humain. Personne ne pouvait dire combien de verres Opaqagö avait déjà ingurgités. Ce Vieux[66], qui était l'une des figures incontestées et incontestables de la tribu, ne cessait de prendre la parole et de s'écouter parler, abusant

---

[65]   Année de l'arrivée de l'Évangile à Ahmelewedr à Drehu.

[66]   Dans le pays kanak, le mot est toujours employé à titre honorifique.

du droit conféré aux hommes depuis la nuit des temps. Il était sorti d'on ne sait où, et s'était mis à vociférer au milieu de la foule qui le laissait faire. Monsieur avait quelque chose à dire sur tout. Et même sur rien. Un autre vieux le prit par le bras pour l'éloigner du cortège et du cimetière. Loin du trou béant de la tombe, Manon écoutait les bougonnements des gens portés par le vent. Ils exprimaient leur mépris à l'égard d'Opaqagö. Il avait excédé tout le monde sans s'en rendre compte. Ou bien il n'en avait cure. À la tribu, tout Vieux est normalement considéré comme un homme juste, affermi par ses années d'existence. On suppose qu'il est empli de paroles sages et sacrées, héritées des générations précédentes. Personne n'oserait contester ses propos, de peur de nuire à l'ordre conventionnel et d'être rejeté pour cette raison. Fort de son privilège, à Hunöj, le vieil Opaqagö avait pris l'habitude de discourir dans toutes les cérémonies. Se croyant porteur de la Parole[67], il se sentait indispensable et agissait à sa manière. Il ne sortait de son monde que pour fustiger le peuple et surtout la jeunesse. Et la jeunesse baissait le visage devant lui. Le plus souvent, ses propos n'avaient rien à faire avec les circonstances. Il n'avait que le mot « travail » à la bouche. Il fallait reconnaître que depuis qu'il avait arrêté de faire de la maçonnerie avec Laboria, le seul patenté de la tribu, il s'était lancé avec beaucoup de courage dans la culture vivrière. C'était désormais sa seule activité. Derrière la tribu, à l'orée de la grande forêt, on ne pouvait pas ne pas constater l'étendue de

---

[67] Parole vivante de la coutume et de l'Évangile de Jésus-Christ.

son travail. Sous les grands banians séculaires, dès l'aurore, il cultivait de tout dans son lopin, et force était de reconnaître ses qualités de cultivateur. De là à vouloir s'exposer à tout bout de champ... c'était une autre histoire ! Opaqagö et Waceu-qatr avaient quitté le cimetière avant la mise en terre du cercueil. Mais, pour sûr, personne n'en serait fâché, pas même la famille de la défunte.

L'heure était à la tristesse. Un grand silence planait sur le cimetière. Le soleil continuait de briller et de chauffer très fort. Les chants des oiseaux se mêlaient aux pleurs des femmes. Les enfants, qui ne comprenaient pas toute l'importance de l'événement, s'amassaient dans un espace vacant sur le bord du trou, espérant y trouver la meilleure place et offrir leur bouquet d'adieu. Ils tenaient aussi à ne rien perdre de la cérémonie. Leur agitation devenait parfois bruyante et se voyait réprimandée d'un « chut ! » émanant d'une maman ou du pasteur responsable de la liturgie. Leur chahut s'interrompait alors quelque temps avant de reprendre de plus belle. Une fois son prêche terminé, le pasteur invita les membres de l'assemblée qui le souhaitaient à exprimer une pensée à côté de cette partie de terre ouverte qui recevrait la défunte. Le moment était intense. Le vieux papa de Nadrako, un vieil instituteur, s'avança et introduisit son discours par des pleurs.

Manon ne pouvait que voir le mouvement de ses lèvres. Sa voix était inaudible. Elle partait au loin, dans le vent qui balayait le cimetière. Les cocotiers qui entouraient le lieu de ce dernier rendez-vous remuaient leurs feuilles comme des bras agités par des au revoir.

Le soleil éclairait au loin les sommets des deux sapins de Ifij, là où reposaient les grosses ignames du vieil Opaqagö. Les jeunes de la tribu connaissaient bien l'endroit parce qu'ils y allaient tout le temps voler des pastèques, des ananas et des melons, après leurs parties de football.

Le soleil tombait à pic, mais on ne sentait pas la chaleur. Et petit à petit, par pelletées régulières, les oncles maternels fermèrent la tombe et mirent fin à tous les pleurs.

Il ne resta bientôt plus rien du cercueil et des fleurs, mais le visage de Sialolo demeurait intact dans les mémoires. Ainsi, une larme mal séchée pouvait encore glisser sur la joue d'une personne qui n'avait pas su se retenir, alors que les autres s'étaient libérés et avaient empli les espaces entre les pierres tombales de leur tristesse.

Une fois la foule retirée du cimetière, Hanyiko, la maman de Manon, amie fidèle de la défunte, ne se retint plus. Elle mit sa tête entre ses bras et pleura toutes les larmes de son corps. Les quelques pleureuses attardées sur la tombe se joignirent à elle. Leur peine était facile à comprendre. Leurs vies à la tribu étaient unies par des souffrances communes. Le lien qui les unissait à Sialolo était devenu très puissant et il venait de se rompre à jamais. C'était par soutien pour sa mère que Manon était venu. Il avait demandé quelques jours de congés, sachant par avance que sa maman n'allait pas se reprendre après le départ de Sialolo. Il craignait même qu'elle la suive.

Après l'enterrement, malgré le ciel très bleu de la matinée, une pluie diluvienne s'abattit sur Hunöj. Dans la tête de tous, c'était bon signe. Sialolo serait accueillie dans les cieux grâce à sa bonne conduite sur terre, en récompense des sacrifices accordés à la coutume et au travail accompli pour l'Évangile de Jésus-Christ. Après l'orage, un arc-en-ciel s'arc-bouta contre le cocotier du cimetière, appui de l'âme du mort pour aller là où il doit être. Au paradis. Peu après, l'arc s'évapora, laissant place à une pluie très fine.

À Hunöj, le petit marché de la tribu était prévu de longue date pour l'après-midi de la journée de deuil. Quelques inconditionnels qui ne voulaient pas déroger à la règle allèrent au rendez-vous. D'autres y allèrent pour se changer les idées et se remettre dans le train de la vie quotidienne.

— Cette pluie fine est une bénédiction. La nature a pris un coup après ces longs mois de sécheresse. Mais elle est aussi bénéfique pour nous tous. Elle nous apporte un peu de fraîcheur après ces bouffées de chaleur, se félicitait le diacre Jeaijij, en étendant machinalement ses mains vers le filet d'eau qui dégoulinait de la gouttière.

Le diacre et Manon s'abritaient sous le porche du clocher du temple. Ils approchaient tous deux du demi-siècle d'existence. Le même âge que la défunte. Ils commentaient les *buzz* du moment. Il était question d'une réforme du mariage dans la coutume du pays Drehu. Son poids pesait trop lourd sur le porte-monnaie des ménages.

La « mise en commun » pour le dernier mariage qui avait eu lieu sur l'île s'était élevée à dix millions. Cette fortune faisait l'orgueil de tous : « Trois, trois, et un » entendait-on comme une ritournelle. Cela poussait toujours les gens d'ailleurs à poser des questions. Et les plus fiers expliquaient : « Trois millions pour les invités de la famille de la fille, trois millions pour les parents de la fille, trois millions pour les jeunes mariés et un million pour les oncles maternels. » Une fois traduit en chanson, ce record pouvait être martelé autour de la tribu. Mais d'où venait cet argent ? Il n'y a pourtant pas d'argent aux îles !

Opaqagö déboucha sur l'artère principale, au niveau du dos d'âne. Il zigzaguait. Une poche se balançait au bout de l'une de ses mains avant de passer à l'autre. Dieu seul savait depuis combien de temps le tricot crasseux qu'il portait déjà à l'enterrement était collé sur son dos. Il regardait par-dessous sa couronne de *hniim*[68] qui lui relevait les cheveux. En guise d'ornement, une jeune pousse de coco-germé était accrochée en bandoulière sur sa poitrine, pendant jusqu'au sol. La route provinciale n'était pas assez large pour lui. Depuis la maison du deuil, sa trajectoire erratique suivait la direction pointée par sa boussole intérieure. Mais savait-il seulement où il allait ? Quoi qu'il en soit, tout le monde préférait l'éviter. Car il était connu de tous. À moins que l'on arrive pour la première fois de Nouméa.

---

[68]   *Hniim* (en langue Drehu) : une liane dont on se sert pour se confectionner une couronne.

Opaqagö n'était pas l'oncle maternel des deux mariages qui venaient de se dérouler à Hunöj et à Mou, la tribu voisine. Il les avait pourtant assumés tous les deux, sans compter les travaux coutumiers qu'il réalisait pour d'autres familles de l'île.

— Tiens, voilà Opaqagö. Il est encore saoul. Il ne s'est pas remis depuis lundi.

C'était Jeaijij qui parlait d'un ton rugueux, animé par la piété à laquelle l'obligeait sa fonction diaconale. En tant qu'homme de Dieu, il se devait de prendre ses ouailles en pitié, surtout les personnes telles qu'Opaqagö, que tout le monde condamnait à cause de son état. On disait de lui qu'il avait perdu les repères de la coutume.

— Il est toujours saoul. Ce n'est pas un bon papa. Opaqagö est un papa scandaleux, n'est-ce pas?

— Ah bon? dit Manon.

— Pas un jour, dans ce bas monde, ne l'a vu à jeun. Le docteur lui a déjà conseillé de ne plus toucher à ça. Je n'arrête pas de lui répéter qu'il va finir par laisser seules ses filles et la maman. Houlala… Tu sais Manon, la vie sur Terre n'a d'égale que sa propre valeur. Il faut en prendre soin.

— Drikon[69], mais Opaqagö ne dérange personne, même dans son état. Je veux dire qu'il ne pousse pas des cris de bêtes sauvages, il ne se montre pas agressif comme les jeunes de la génération nouvelle.

— Arrête, Manon! T'en fais pas qu'il connaît! Il sait y faire. Mais sa conduite, c'est de l'agressivité pas-

---

[69]   Diacre, la fonction sociale fait aussi office de prénom.

sive ou de la passivité agressive, comme tu veux. Les jeunes gens de maintenant, à force de le voir se comporter comme il le fait, vont finir par croire que bien boire son vin relève de la bonne éducation. Chez nous, l'alcool est à bannir, ou alors c'est concevoir la mort de notre peuple. Déjà que beaucoup de nos vieux sont alcooliques à pleurer! J'veux qu'à un moment on dit « stop! ». C'est pas une vie, ça! Boire et montrer à tout le monde qu'on est saoul! Regarde-le! On dirait pas qu'on revient d'un enterrement. Pff! Miséricordieux soit le Très-Haut.

Après avoir fait un bref crochet et embêté les mamans au marché, Opaqagö reparut. Il marchait désormais sur la pelouse en remontant vers la route. Par moments, il s'arrêtait et posait les mains à sa taille pour accommoder sa vue à la devanture du temple, vers le côté du clocher. Puis il levait une main au-dessus des yeux, tel un marin scrutant l'horizon. Il tentait de localiser les deux hommes qu'il avait aperçus à la dérobée. Mais ces derniers s'étaient retirés derrière un pilier du clocher. Les fines gouttelettes de pluie empêchaient le soûlographe de voir plus loin que ses sourcils. Il eut un soupir d'agacement. Sous le préau, les marchandes avaient interrompu leur partie de bingo. Elles suivaient attentivement les mouvements de l'ivrogne et s'esclaffaient à ses moindres faux pas. Cependant, elles avaient un peu peur et, s'il n'avait tenu qu'à elles, Opaqagö aurait été évacué manu militari de la place du marché. Une voix s'éleva depuis leur groupe :

— Opaqagö, voilà Drikon et Manon. Ils se sont bien cachés de toi. Voilà eux, là-bas.

C'était la voix de l'épouse du diacre, Dremue. Les rires montèrent vers le ciel. Les mamans riaient de l'attitude des deux hommes qui ne voulaient pas se montrer à Opaqagö. Elles riaient aussi de Opaqagö qui peinait à monter sur la route. Il titubait, manquant à chaque fois de tomber. Cela fit sortir le diacre et Manon de leur cachette. Ils se ruèrent à sa rencontre, alors qu'Opaqagö se balançait tel un bateau sur l'eau. Les voyant s'approcher, il interrompit ses efforts et s'appuya contre le poteau électrique qui alimentait la maison commune attenante au marché de la tribu.

— Alors! Vous vous cachez de moi, maintenant? Drikon? Toi?

Il voulut poursuivre, mais le diacre lui prodigua quelques paroles de réconfort, comme à son habitude envers tous les gens de Hunöj. Opaqagö qui clignait frénétiquement des paupières s'étonna alors de la présence de Manon.

— Et tu es arrivé quand, toi, moniteur de mes couilles? C'est toi qui enseignes aux enfants à caillasser les voitures[70] et à mal parler aux adultes? Mais c'est du n'importe quoi ça... et en plus, vous êtes même pas capables de les bombarder[71].

Il éclata de rire, produisant un son proche du bêlement d'un bouc, puis avança machinalement sa joue pour embrasser le nouvel arrivant. Au même moment, il lui demanda une cigarette.

---

[70] Jeter des pierres sur les automobilistes.

[71] *Bombarder*: frapper. Dans ce contexte, il faut comprendre «fustiger avec une verge»; les éduquer.

— Et si tu n'en as pas, va m'en acheter.

Il enchaînait ses paroles à un rythme tel que Drikone et Manon ne savaient plus trop bien ce qu'il leur demandait.

Sous le préau, les appels de pions reprenaient à voix basse, mais les regards restaient braqués vers la route. Le bingo sert autant de prétexte aux rencontres que de bulletin d'informations pour la tribu.

— Opaqagö! C'est quand on tire le numéro 69!

Tous se mirent à rire très fort, oubliant le climat de deuil qui pesait sur la journée.

— Certaines personnes ont même fini par l'appeler *Amour* ou bien *Koië-kuë*[72]

Par-dessus les rires, une voix plus âpre se détacha:

— Fumer tue! C'est ce qui est écrit sur tous les paquets de cigarettes!

Les regards revinrent vers la route et d'autres rires fusèrent et s'élevèrent dans une cacophonie de sifflets et de hurlements. Drikone fit un geste de la main à l'assemblée pour l'inviter à baisser le volume. Tout le monde savait qu'Opaqagö demandait à fumer aux deux hommes.

Les voix et les rires secouèrent l'ivrogne qui se redressa comme un I, avant de darder un regard foudroyant sur la multitude.

— Fumer tue! Quoi? Fumer tue, oui! Mais la coutume bombaaarde!

---

[72] *Koië-kuë*: est-ouest.

— Quand la coutume bombarde —

Cette phrase eut l'effet d'un jet d'eau sur un bûcher. Le silence devint grave. Bien plus tard, un vent léger éleva pour la postérité le murmure d'une maman appartenant au groupe.

— Ekölöini[73]. Opaqagö, il est trop saoul. Arrêtez de l'embêter.

De l'autre côté de la route, Drikon et Manon éloignaient Opaqagö en le soutenant. Il ne faut jamais déranger les mamans quand elles jouent à leur jeu. Les trois hommes n'allèrent même pas à la maison endeuillée, à l'autre bout de la tribu, pour attendre la soupe commune du soir. Ils allèrent chez le diacre, de l'autre côté du marché, pour se préparer une bonne soupe de poule du pays. Une recette qui aide à cuver son vin.

Au bulletin d'informations du bingo, les mamans apprirent qu'Opaqagö était le fournisseur des ignames-coutumes du mariage de la semaine précédente. Wauthitr, l'oncle maternel du marié, avait été félicité pour avoir laissé son travail dans la capitale, afin d'assurer son devoir coutumier. Son déplacement avait beaucoup plu aux notables qui n'avaient pas tari d'éloges à son sujet. Mais Wauthitr avait payé Opaqagö à la mode de Iewaath[74]. Quelques billets, un tissu et des bouteilles d'alcool, le tout arrosé de bonnes paroles. Les siennes.

---

[73]   *Ekölöini* : je suis touchée, bouleversée, émue. Ici : j'ai pitié de Opaqagö, je pense à lui.

[74]   Qui consiste à embobiner les gens pour les voler. Littéralement : enrouler dans une toile d'araignée.

En entendant ce récit, certains cœurs se brisèrent de honte. Seulement certains. Les autres n'avaient pas assez d'yeux pour voir ni assez de cervelle pour réfléchir. Tous savaient bien que les petites gens comme eux étaient toujours payés de la sorte et que les bonnes paroles ne sont réservées qu'aux autres… À ceux qui ne vivent plus à la tribu.

Le jeu de bingo reprit tout bas sous le faré. La petite cagnotte qu'il permettrait de réunir servirait aux besoins du deuil de Sialolo, et aux jeunes qui étaient restés au cimetière pour commencer à y construire la tombe.

Là-bas, chez le diacre, Opaqagö ronflait déjà. À son réveil, au premier chant du coq, il repartirait au champ. Un autre cycle l'attendait : déterrer de nouvelles ignames pour les prochaines coutumes.

Drehu, l'île mystérieuse

En Nouvelle-Calédonie, il existe beaucoup de mythes dont le point commun est la relation de l'homme à la terre. Ils partagent un imaginaire qui, paradoxalement, justifie la dimension réelle du vécu. L'homme kanak se définit en grande partie par cet imaginaire. Pour lui, le monde fantastique est intimement attaché au monde visible. Plus le Kanak place son origine dans cette « absurdité », c'est-à-dire tout ce qui échappe à la compréhension, et plus son existence lui semble fondée et incontestable. Il est alors mi-homme/mi-esprit, tel un demi-dieu qui surpasse la simple condition humaine.

Dans la nuit des temps, il n'y avait rien sur l'île de Lifou, à part le rocher émergeant de l'eau qu'on appelait *Wanaca*. La nuit et le jour rythmaient la vie de ce rocher. Vinrent ensuite la végétation qui le recouvrit, et les esprits, premiers habitants de ce rocher. Ces esprits avaient la forme des éléments de végétation qui recouvraient l'île et celle des animaux qui s'y mouvaient. En langue de Lifou, on les appelle les « U » (prononcer OU). Ce sont des êtres nocturnes.

Une nuit, les esprits allèrent se baigner à la mer et jouer dans l'eau comme à leur habitude. Sur le rivage, ils se métamorphosaient en êtres humains avant d'entrer dans l'eau, abandonnant leurs mues sur le sable. Ils s'amusèrent tant et tant que la lumière du soleil les surprit au petit matin. Les derniers sortis de l'eau eurent la surprise de retrouver leurs mues froissées et déchirées. Les premiers sortis leur avaient peut-être joué un mauvais tour. Ne pouvant plus revêtir leurs mues, ils ne purent recouvrer leur condition initiale d'esprit. Ils changèrent ainsi d'état et devinrent des hommes (Atr) qui vécurent à la lumière du jour. C'est ainsi que commença le peuplement de l'île. Aujourd'hui encore, les humains continuent de côtoyer leurs ancêtres, c'est-à-dire les êtres de la nuit. Chacun chemine dans son monde, sans oublier l'existence de l'autre.

Cette partie introductive me paraît nécessaire. Elle permet de comprendre le fonctionnement de notre peuple par rapport à ses mythes, mais aussi par rapport à la partie « non dite » de nos vies.[75]

*
* *

---

[75] Pour en savoir plus, voir « Le mythe Wahotresimë », texte de Léopold Hnacipan dans La coutume kanak, édition CDP – NC collection : 101 mots pour comprendre la coutume kanak et ses institutions, 2016.

Simelem ne trouvait pas le sommeil, à l'instar de tous les jeunes[76] de Hunöj. Ils en avaient pourtant grand besoin en ces jours de fin d'année. Pendant la nuit, plusieurs d'entre eux avaient été contraints de dormir dans la grande forêt. La tribu avait livré bataille pour tenter de retrouver un Européen qui s'y était perdu.

M. Blanc avait garé sa voiture à côté de la pépinière, une petite entreprise tribale. Il avait marché en direction de la forêt et, fasciné par la beauté des arbres et par la densité de la végétation, il avait épousé leur esprit et disparu. Les gens de la tribu disaient aussi que sa tête avait été tournée par les deux filles[77] et qu'il n'avait pas eu le réflexe de retourner sa veste[78]. Avant que son téléphone ne vide complètement sa batterie, il avait eu la présence d'esprit d'indiquer son positionnement à la gendarmerie de Wé : « Monsieur Blanc, prof d'EPS au collège public de Wé, je suis parti me promener dans une grande forêt du plateau. J'ai garé ma voiture à côté d'une pépini... tuut... tuut... » Les gendarmes étaient allés transmettre l'information aux employés municipaux. L'un d'eux avait appelé l'annexe de Mou. Un homme de Hunöj y travaillant, Wapata, eut alors le réflexe d'appeler le responsable de la pépinière qui avait

---

[76] Seul le mariage peut changer le statut de « jeune » fille et de « jeune » homme dans la société de l'île de Drehu.

[77] Deux filles : *Lue jajiny*, deux esprits de la forêt aux apparences féminines.

[78] Lorsqu'on a pris conscience qu'on s'est perdu dans la forêt, on retourne sa veste (on tente de faire demi-tour), car on comprend que l'esprit de l'endroit est certainement en train de se jouer de nous.

pu confirmer la présence de la voiture du monsieur. Cette information avait remonté toute la chaîne jusqu'à la gendarmerie et les gens de Hunöj avaient lancé les recherches. Le petit chef s'était chargé d'organiser les équipes de secours.

Pendant que les gens de la tribu commençaient à battre les brousses, Wapata et le petit-chef se rendaient chez Waigojeny, le sorcier qui habitait Hmelek, la tribu voisine. Waigojeny leur expliqua ce qu'il fallait faire.

— Sa voiture n'est pas garée très loin du grand banian. Les clefs sont dessus, mais vous ne pourrez pas l'ouvrir. Quand le soleil touchera le sommet du sapin à pic et qu'il n'y aura plus de chant d'oiseaux, appelez-le. De la voiture, il entendra. Ne l'appelez pas par son prénom, appelez-le « Atr »[79]. Il répondra et viendra vers vous. Ne l'effrayez pas en vous comportant comme des oiseaux de proie. Surtout, ne lui parlez pas avant de lui avoir flanqué les trois cœurs de hmacatresi[80] sur le visage. Je vais vous les donner. Un, deux, trois. Vous allez voir, ce sera comme s'il sortait du sommeil. Après, ça ira. Il reprendra sa voiture pour partir comme s'il venait de finir sa promenade. De toute façon, il ne saura pas ce qui s'est passé. Il aura seulement le souvenir d'avoir rencontré deux femmes, une noire et une blanche. Une des deux qui parle sa langue et l'autre, une langue étrange, qu'il aura tout de même réussi à comprendre.

---

[79]   *Atr* : homme au sens d'humain.

[80]   *Hmacatresi* : Claoxylon insularum Mûll. Arg. Euphorbiacées. Littéralement, *Hmacatresi* signifie : « se protéger contre les mauvais esprits ».

Le reste ne lui reviendra pas avant longtemps. Peut-être, même, pas avant d'avoir tout oublié pour de bon. Voilà, je pense vous avoir tout dit. Surtout, respectez les consignes et éloignez-vous du véhicule.

Le sorcier avait parlé et donné les feuilles de la plante vertueuse. Wapata et le petit-chef repartirent vers les champs, à l'endroit où M. Blanc avait garé sa voiture. Les gendarmes étaient déjà sur place avec d'autres jeunes de la tribu qui étaient ressortis de la grande forêt.

Vers midi, le portable de Simelem sonna.

— C'est oncle Wapata. T'es où ?

— À Hnaköj.

— Retourne à la grande route et rejoins-nous à *Jien*.

— Mais, tonton, y'a d'autres jeunes qui sont encore un peu partout dans la forêt ; je les entends.

— Dis-leur de se joindre à toi et de venir.

— Céb[81] ! Il raccrocha.

Simelem cria pour rameuter la troupe et envoya des messages sur le portable de quelques-uns.

Au lieu de ralliement, les gens arrivaient au compte-gouttes. L'hélicoptère de l'armée s'était posé non loin de la voiture. Wapata prit la parole pour dire qu'il ne servait plus à rien de retourner dans la forêt, et qu'ils allaient attendre là. Quand midi sonna, Wapata et Amekötine se regardèrent en espérant que quelque chose allait se produire. Mais il ne se passa rien. M. Blanc ne sortit pas de la grande forêt comme l'avait prédit le devin. Les gendarmes s'impatientaient. Ils étaient sur le point de don-

---

[81]   *Céb* : c'est bon, c'est d'accord.

ner l'ordre au pilote de redécoller. Wapata demanda un instant pour s'entretenir avec tous les volontaires engagés dans les recherches. Il s'avança et révéla la requête que le petit-chef et lui étaient venus porter depuis la tribu voisine. Tout le monde se taisait. Le chef de la brigade de Wé mâchouillait des brins de paille qu'il arrachait à une touffe d'herbe voisine. L'autre membre de la brigade n'arrêtait pas de consulter sa montre. L'Écureuil[82] de l'armée s'apprêtait à redécoller.

Soudain, Qanamaca, un des jeunes de la tribu qui était habituellement muet comme une tombe, s'avança au milieu du demi-cercle pour dire que Amekötine et Wapata s'étaient trompés d'endroit. Sa déclaration fut accueillie par un grand silence. Sans prendre la peine de faire un discours introductif, Qanamaca affirma avec conviction :

— Vous voyez qu'il n'y a ni sapin ni banian ici. Regardez la voiture, les clefs ne sont pas dessus comme elles le devraient. Je connais l'endroit dont a parlé le sorcier. C'est par là-bas, vers Hnaköj. La voiture, ce n'en est pas une. C'est plutôt une grotte. Les vieux de notre clan sillonnaient l'Océanie à travers cette cavité. C'est un passage. Ils y entraient et fermaient les yeux en murmurant des paroles qu'eux seuls connaissaient. Ils se retrouvaient alors projetés à des centaines de kilomètres à la ronde. À diverses destinations. Ils allaient à Kiamu, à Tanna, mais aussi dans les îlots du nord de la Calédonie. Ils volaient les femmes de ces terres lointaines...

---

[82] *Écureuil* : modèle d'hélicoptère très utilisé par la gendarmerie en Nouvelle-Calédonie.

Alors que le jeune homme déroulait son récit comme s'il récitait son arbre généalogique, Amekötine lui fit signe de se taire. Il voyait bien que les militaires s'impatientaient. Ils n'arrêtaient pas de regarder en direction du chef de la gendarmerie de Wé. La tension était palpable.

— Soit. Je vais faire repartir l'hélico, dit le chef de brigade. Mais mon collègue et moi restons avec vous pour poursuivre les recherches. Personnellement, je veux bien prendre le temps de vérifier les dires du jeune homme. Il est bien possible qu'il ait raison. Il faut qu'il vienne avec nous et qu'il nous montre la grotte.

Quelques minutes plus tard, ils montèrent en voiture et partirent, la voiture de la gendarmerie devant, et celle de Wapata et d'Amekötine[83] à sa suite. Les autres jeunes les suivirent, certains avec leurs propres voitures, et la plupart à pied.

Le véhicule de tête arriva bientôt dans une clairière. Qanamaca fit alors signe au conducteur de s'arrêter et tout le monde descendit. Par une mimique et quelques signes rapides, Wapata demanda à Amekötine d'allumer un feu avec des brindilles de bois morts. Aux premières flammes, il ramollit les cœurs de hmacatresi, après quoi il ouvrit la marche vers l'entrée de la grotte.

Lorsque le silence fut total, Wapata appela M. Blanc par le nom que lui avait donné l'oracle. Il n'y eut pas de craquement de branche ni de chant d'oiseau. La tension était à son comble. « Atr » avait-il jeté à la nature

_____

[83]   *Petit-chef* : il assure le rôle de syndic à la tribu.

entière qui l'écoutait. Et la voix répondit. Tous se regardèrent bouche bée et cherchèrent à déterminer l'origine de la voix. Elle ne provenait certainement pas des profondeurs de la grotte, mais plutôt des voitures garées en arrière, sur le bas-côté. Amekötine se fâcha. Il cria aux jeunes qui étaient restés en arrière d'être plus sérieux et de ne pas plaisanter avec ce genre de chose. L'un d'eux lui répondit que personne n'avait rien dit ni rien fait.

Pour en avoir le cœur net, Wapata fit demi-tour sec et demanda aux autres de l'attendre. Il n'était pas encore arrivé aux voitures qu'il vit M. Blanc, debout sous le sapin, l'air perdu. Il attendait. Mais qui? Il n'y avait personne autour de lui.

Wapata s'approcha en tentant de maîtriser ses émotions. Il lui flanqua une, deux, puis trois coups au visage, avec les cœurs de hmacatresi. M. Blanc sursauta alors comme s'il sortait d'un grand sommeil. Il se frotta les paupières pour accommoder sa vue. Wapata lui apparaissait sans doute à travers une brume. Ils se serrèrent la main et se congratulèrent. M. Blanc dit à Wapata qu'il s'était égaré :

— Heureusement pour moi, une dame m'a indiqué le chemin pour arriver jusqu'à vous. Tout à l'heure, dans la forêt, j'ai aussi croisé des jeunes, mais ils ont eu un comportement étrange : je leur parlais, et ils ne me répondaient pas. Je suis parti rejoindre les deux femmes qui préparaient à manger pour nous. Elles disaient qu'à midi, on allait manger les ignames qu'elles avaient brûlées. J'allais partager leur repas, mais j'ai vu qu'elles avaient cuisiné pour elles seules. Deux ignames dans de la cendre, deux cocos verts, deux fruits qui ressemblaient à des pommes. À voir de plus près, on aurait dit des fruits de faux manguier, enfin… je ne sais pas.

Wapata et M. Blanc étaient encore en grande discussion quand le reste du groupe arriva. M. Blanc remercia le brigadier-chef de la gendarmerie de Wé pour avoir réagi à son texto en venant le chercher. Il conversait d'un ton calme et posé, comme s'il n'avait pas passé les deux nuits précédentes dans la forêt. Il n'était pas étonné d'entendre l'hélico survoler la zone. Il disait qu'avec les deux dames, ils écoutaient les conversations du pilote depuis l'intérieur de la cabine.

Le gendarme recueillait ces déclarations sans avoir l'air particulièrement étonné. Plus tard, il dit à Amekötine qu'il avait déjà eu affaire à des situations analogues. Il avait également lu des rapports de gendarmerie qui en décrivaient de semblables.

M. Blanc fut invité à monter dans le camion des pompiers qui venait d'arriver sur place. On lui dit qu'il devait se soumettre à des examens de toute urgence. M. Blanc répondit qu'il allait très bien et qu'il était parfaitement inutile de l'emmener à l'hôpital de Wé, qu'il pouvait s'y rendre par lui-même si on y tenait, mais qu'il n'en voyait pas la nécessité. Le brigadier-chef intervint cependant avec autorité et le pria de monter sans attendre dans le camion de secours. Sa voiture suivrait avec l'autre gendarme. M. Blanc finit par accepter.

*
* *

Le cas de ce professeur n'est pas isolé.

Avant la disparition de M. Blanc dans la grande forêt de Hunöj, les cœurs des gens de l'île ont souvent battu très fort pour d'autres personnes de leur famille qui ne sont parfois jamais réapparues. À chaque fois, la population, et surtout la jeunesse, a été mise à contribution pour mener les recherches.

Au cours des trois années précédentes, plus de cinq disparitions avaient été dénombrées à Drehu[84], ce qui ne manque pas de surprendre, pour une île d'à peine 1 200 km^2. Les victimes étaient des deux sexes et d'âge varié. Dans l'esprit des populations locales, une aura de mystère entoure chacune de ces tragédies. Le cas d'une femme d'une tribu du bord de mer qui passa plus de deux semaines chez les morts est sans doute le plus troublant. Aucune étude ne s'est jamais intéressée à ce type de phénomène devant lequel les pouvoirs publics semblent démunis. Pour beaucoup de Kanak, l'explication est à chercher du côté du lien qui relie les deux mondes ; le visible et l'invisible, le palpable et l'impalpable. Une disparition et une réapparition démontrent que ces mondes évoluent en parallèle et qu'il est parfois possible de passer de l'un à l'autre.

*
* *

---

[84]   *Drehu* est le nom kanak de l'île de Lifou. Cette île, appartenant à l'archipel de Nouvelle-Calédonie, présente une superficie proche de celles des îles de Tahiti et de Martinique, soit environ la moitié celle de l'île de la Réunion.

Hnaiko-qatr était d'un âge avancé, mais elle avait toute sa tête et n'était pas sujette à la maladie d'Alzheimer. Un jour, alors que sa fille Waijaija, mariée dans la tribu voisine, vint pour lui rendre visite comme à son habitude, elle trouva toutes les portes des maisons[85] grandes ouvertes. Elle attendit en pensant que la grand-mère s'était absentée pour une course qui ne prendrait pas beaucoup de temps. Mais comme l'après-midi s'avançait, le doute grandit en elle, car rien de ce qu'elle voyait ne correspondait aux habitudes de la maison. Les poules, les chiens et les cochons de la maison avaient eux aussi disparu.

Elle appela son mari et lui demanda de venir la rejoindre. Il arriva entre chien et loup, et la vieille dame n'était toujours pas reparue. Ensemble, ils envoyèrent des messages aux autres membres de la famille et aux amis. Lorsque Waijaija alla chez la famille voisine pour demander s'ils n'avaient pas remarqué quelque chose de suspect chez la grand-mère, ils lui dirent qu'elle avait toujours la forme et qu'elle menait une vie tranquille.

L'époux de Waijaija se résolut à appeler la gendarmerie de Wé. Il fut décidé que les recherches seraient lancées le lendemain au lever du jour. Ce qui fut fait. Trois jours plus tard, tous les animaux domestiques de la maison réapparurent soudainement. Du plus petit au plus gros. Du plus docile au plus revêche. Waijaija tenta de se faire aider par la petite chienne Wainage pour retrouver

---

[85] L'habitat classique des îles est constitué de trois bâtiments: une case (en bois et paille), une cuisine séparée (une structure sommaire, habillée de tôle ondulée), et une maison en dur.

la piste de sa maman. Mais cela échoua. La gendarmerie amplifia ses recherches, faisant appel à l'armée et à de nombreux volontaires. Sans plus de succès.

Jour après jour, les volontaires se découragèrent et se firent moins nombreux. Si bien que deux semaines plus tard, les autorités décidèrent de mettre fin aux recherches. La famille n'eut pas d'autre choix que d'accepter la perte de leur aïeule. Le vide que son absence créait dans leur cœur ne serait jamais tout à fait comblé. Il en est toujours ainsi, en cas de disparition : faute d'avoir une véritable certitude, le deuil ne peut se faire tout à fait et la douleur se prolonge indéfiniment.

*
* *

La plus étonnante de toutes les disparitions de Lifou demeure sans conteste l'aventure (si tant est qu'on puisse la qualifier ainsi) d'une femme de Jozip, une tribu du bord de mer, âgée d'une trentaine d'années. Peut-on la comparer à Jésus-Christ, parti dans le royaume des morts, et qui en est revenu ? Chacun en décidera.

*
* *

Avant de quitter la maison pour se rendre au champ, Waixaja avertit son mari qu'elle reviendrait pour la marée basse de l'après-midi. Elle voulait ramasser des coquillages et, surtout, pêcher le poulpe pour son petit marché du bord de route.

Mais elle ne revint pas, ni ce jour-là ni les suivants. Après dix jours de recherche, sa famille, désespérée, alla rendre visite au guérisseur de la tribu de Siloam. Après la coutume, il leur édicta une liste d'instructions : « Faites attention, vous ne la voyez pas, mais de là où elle est, elle vous voit et vous entend. Faites en sorte de la retrouver et de la sortir de la forêt avant mardi. Passé ce jour, ce sont les mouches pleureuses que vous risquez de rencontrer avant son cadavre. Lorsque vous la retrouverez, attrapez-là et ne la relâchez pas. Il s'agit d'une affaire d'hommes. Quand elle ira aux toilettes, accompagnez-là. Continuellement, à chaque instant, soyez toujours auprès d'elle. Le diable est partout. Mâchez les feuilles que je vais vous donner et crachotez-lui au visage. Surveillez-la jour et nuit, jusqu'à jeudi. »

Waixaja fut heureusement retrouvée dans les jours qui suivirent. Sa coiffure et ses vêtements étaient différents de ceux qu'elle avait le jour de sa disparition. Elle avait plutôt bonne mine et ne semblait guère amoindrie, preuve qu'elle n'avait pas manqué de nourriture durant son absence. De toute évidence, elle avait vécu une autre vie, dans un « au-delà ». Il lui fallut plusieurs jours avant de retrouver l'usage de la parole. Elle raconta alors, d'un air rêveur, avoir été coiffée par Ixamun. Waixaja n'avait pourtant pas connu cette jeune femme de son vivant. Ixamun était morte plusieurs années auparavant, en accouchant de son premier enfant. C'était une très belle demoiselle. Elle était encore au collège lorsqu'elle était tombée enceinte de son cousin germain. Honteuse de ne pas pouvoir assumer sa grossesse en raison de son âge, mais surtout honteuse du lien de parenté inavouable qu'elle avait avec son géniteur, elle but des tisanes et des décoctions qui appartiennent à la cuisine du diable et qui furent son billet sans retour pour le pays des ancêtres.

Les gens de la tribu appliquèrent fidèlement les instructions du guérisseur Siloam. Waixaja fut placée sous bonne garde, jour et nuit. À ceux qui l'écoutaient, elle révéla qu'elle menait la belle vie chez « les autres ». Mais quand on lui demandait qui étaient ces « autres », elle déclinait des noms de personnes qui n'étaient plus de ce monde. Le plus souvent, il s'agissait de gens de l'île, mais il arrivait aussi qu'elle cite des noms issus d'autres pays de la Nouvelle-Calédonie.

Un soir, alors que Waixaja était plus tourmentée que d'habitude, elle tenta de forcer le barrage de ses geôliers. Elle vociférait, elle les suppliait, disant que les « autres » l'attendaient. Sineminy, son mari, épuisé par toutes ses nuits d'insomnie, trouva malgré tout la force de se jeter sur son épouse et de l'entourer de ses bras. Les autres hommes[86] détournèrent alors le regard. Sineminy pleurait et suppliait Waixaja de rester :

— Chérie, je t'aime. Pense à Wahnawe et Marienne, ils sont au courant de ce qui nous arrive. Il ne faut pas les perturber dans leurs études. Regarde autour de nous, la famille est là. Nous t'aimons tous. Xadrudrue et Veline sont arrivées de Nouméa. Elles sont-là, aussi. Mon Dieu, mon Dieu, mais pourquoi moi ? Pourquoi nous ? Pourquoi Waixaja ? Seigneur, écoute, écoute ma prière…

---

[86]   Les hommes qui ont des liens de cousinage avec Waixaja.

Il lui criait d'autres supplications aux oreilles, dans la case, dans la nuit, et s'adressait aussi à l'invisible. Ses lamentations étaient assourdissantes, semblables aux beuglements d'une bête qu'on abat. Il versa toutes les larmes qu'un corps puisse contenir. Lorsqu'ils virent qu'il était à bout, les hommes proches de la famille de Sineminy fondirent sur le couple et s'enroulèrent avec eux sur la natte, pour lui prêter main-forte et épuiser Waixaja en la maintenant au sol. La scène était pathétique. Au bout d'une bonne heure de gesticulations et de plaintes, Waixaja gémit et se mit à murmurer.

— Laissez-moi partir, je vous prie, je vous prie… ils sont là. Ma case est déjà terminée. Nous allons l'inaugurer demain. Voilà Qazingö et Trexöne. Ils viennent me chercher.

Tous se souvenaient de la parole du sorcier de Siloam. Qazingö, un homme de la tribu que l'on voyait toujours à moto, avait été trouvé sur le bas-côté de la route, longtemps après son accident. Trexöne, une dame de la tribu voisine, était morte d'une crise d'asthme, un mois avant la disparition de Waixaja.

Alors que tout le monde était emporté par la fatigue, les quelques mamans qui étaient là pour soutenir la famille jetèrent des oreillers et des couvertures au couple et aux autres hommes étendus sur les nattes. Ils s'endormirent.

Le lendemain matin, avant le chant du coq, Hmeunë, l'oncle maternel[87] de Qazingö, alla sur la tombe de son neveu.

— Qazingö, c'est tonton. Tonton n'apprécie pas du tout ce que vous avez fait, Trexöne et toi! Ne mettez plus les pieds chez nous. Qui c'est, Sineminy? Vous avez oublié? Ne lui faites plus subir les souffrances que vous lui faites porter. Partez! C'est tonton qui parle! Dis aux autres d'occuper la case que vous avez construite. Dis-leur que tonton a dit que la case n'appartient pas à Waixaja, ni à nous-autres de ce monde. Elle est à vous et vous pouvez même planter plein de cordylines autour. Elle ne viendra pas, ni aujourd'hui ni les autres jours. Laissez-la avec ses enfants et son mari. N'as-tu pas honte? Si Waixaja ne guérit pas, c'est par ta faute que les enfants vont abandonner leurs études au Canada. C'est quoi, ces manières? Chacun chez soi! Tu arrêtes!

Ces paroles permirent la guérison de la malade et son retour à la vie normale. Deux mois plus tard, Waixaja et son mari partirent au Canada pour rendre visite à leurs enfants.

*
* *

La tribu, c'est bien connu, vit sur un rythme effréné. Les jeunes gens en sont les électrons libres qui lui impulsent leur dynamique. On fait beaucoup appel à eux, à tout moment et pour de nombreuses rai-

---

[87] Dans la société kanak, l'oncle maternel représente le lien à la vie.

sons, de la première aube jusqu'à la tombée de la nuit. Simelem, trente-trois ans, l'un des responsables d'une frange de la jeunesse, était particulièrement sollicité. Il avait participé à presque toutes les recherches menées dans l'île. Simelem par-ci, Simelem par-là… À la fin, il ne savait plus trop à quelle tribu il appartenait. Waifit sa maman, ne pouvait plus compter sur lui pour les tâches de la maison ou pour les travaux des champs. Elle avait pris l'habitude de labourer elle-même son champ d'ignames et de miser sur les plus jeunes, les ados de la génération d'après, pour les autres travaux. Il arrive que la convalescence soit le seul temps de repos du guerrier. La seule occasion pour que sa mère et les gens de sa famille le voient, faisant la joie des petites cousines et des nièces, toujours à l'affût des occasions de prodiguer leurs soins au grand homme.

Un soir, après avoir récupéré de la grosse fatigue que la recherche de M. Blanc avait entraînée, Simelem voulut partir à Eika. Des jeunes de la Grande Terre allaient y arriver pour la colonie organisée à la tribu, dans le cadre des échanges entre Provinces[88]. Avant d'arriver à la grande route, une voix éclata à ses oreilles :

— Arrête, arrête. N'y va pas. Simelem ! Mais n'y va donc pas !

Le jeune homme s'immobilisa aussitôt. Puis il se balança vers l'avant et revint sur ses pas. La nuit était si profonde que la lueur des étoiles était son seul guide.

---

[88] Trois provinces forment le territoire de la Nouvelle-Calédonie : la Province Nord, la Province Sud (avec Nouméa, la capitale) et la Province des îles Loyauté.

Il tourna la tête de gauche et de droite sans rien distinguer. C'était comme s'il n'avait pas ouvert les yeux. Il se souvint alors d'un gros bloc de pierre excavé qui reposait à cet endroit sur le bas-côté de la route. Tanguant comme un bateau, il pivota sur lui-même et la chercha en tâtonnant. La pierre se fit bientôt sentir sous sa main et il s'y assit. Des voix de femmes en grande discussion lui parvinrent aussitôt par la droite. Simelem reconnut celles de ses tantes. « Mon Dieu ! » pensa-t-il. Le timbre, la hauteur, le ton… c'était bien les sœurs de son père, il ne pouvait se tromper. Il plissa les yeux pour tenter de les distinguer. Il voulait en avoir le cœur net. De quoi parlaient-elles ? « Mon Dieu ! » se dit-il encore, en contrôlant sa respiration irrégulière et son cœur qui battait la chamade. Il était incapable de comprendre le sens de la discussion animée et inamicale qui semblait pourtant si proche. Il se demandait même dans quelle langue elle se tenait. Les femmes avançaient vite. Trop vite. Se déplaçaient-elles en volant ? À cet instant, un vent violent se leva et secoua toutes les branches des arbres qui bordaient la route. Comme si la nature était en symbiose avec les deux sorcières, comme si elle les portait. Simelem prit peur. Ça n'était pas encore de la panique, mais une peur ordinaire, qui lui comprimait le ventre et la poitrine. Un homme tel que lui était habitué aux manifestations mystérieuses. De tout temps, elles avaient accompagné la vie tribale. Elles n'étaient qu'un signe des activités de l'autre monde.

Maintenant, Simelem avait honte d'avoir identifié les voix de ses tantes. Cela devrait demeurer secret.

Quand le silence fut revenu, une lunette[89] émit un siffle-ment strident. Simelem sut que cela annonçait un autre événement. Il demeura immobile et se prépara. Une nouvelle rafale de vent, brûlante et violente, secoua les arbres et surchauffa l'atmosphère. Simelem ferma les yeux.

Quand ce fut fini, les chiens de la tribu aboyèrent et l'obscurité redevint souveraine. Elle absorbait tout. Simelem était une statue sculptée dans la pierre. Il atten-dit encore, demeurant silencieux. À présent, c'était sous son crâne que la tempête soufflait. Il transpirait à grosses gouttes. Un flot de pensées s'entrechoquaient dans sa tête. «Voilà pourquoi mes tantes étaient craintes à la tribu» se disait-il. Mais cette pensée ne devrait jamais sortir des tréfonds de lui-même. Tabou oblige!

Quand Simelem rouvrit les paupières, une source de lumière telle une boule de feu arrivait du même côté que les deux femmes. Au fur et à mesure que la lueur avan-çait, sa forme se précisa: un homme à cheval, comme s'il revenait des champs. Ou plutôt, non, l'homme sem-blait sortir d'un livre. Il portait une armure équipée d'une paire d'ailes repliées dans son dos. De longues plumes pendaient de chaque côté de la selle. La mon-ture avançait doucement au pas cadencé, ce qui don-nait à son trot léger l'allure d'une danse. À chaque pas, le plumage de l'homme montait et redescendait. Il ne se trouvait plus qu'à quelques mètres, se tenant tou-jours droit sur son bât en maintenant serrées les brides

---

[89] *Lunette* ou Zostérops à dos gris (zosterops lateralis). Son nom en drehu (Eatreu) signifie «cœur brisé».

de sa monture. Majestueuse, celle-ci dressait la tête très haut et fixait attentivement la chaussée. D'un côté de la selle, un fusil pendait. De l'autre, sortaient des empennages et l'extrémité d'un arc. L'homme était bien armé. Étonnamment, l'homme et la bête brillaient, mais ils n'éclairaient pas la route. La lumière chaude et puissante dans laquelle ils baignaient semblait leur prisonnière. Elle émanait sans doute d'eux-mêmes.

Simelem crut soudain reconnaître son oncle, mais la figure de ce dernier se déforma et devint floue. Méconnaissable. Sa tenue ailée de légionnaire romain se décomposa et tomba en paillettes luminescentes. Simelem était convaincu que son oncle l'avait reconnu. La route se transforma en une fontaine éclatante qui s'enflamma, illuminant les cocotiers et les arbres des deux bords. Puis l'obscurité retomba.

Simelem était toujours immobile sur son siège. Il transpirait de plus belle, mais n'avait pas bougé d'un pouce. Il attendit encore. Mais comme rien d'autre ne semblait vouloir se produire, il se leva et alluma son téléphone. Beaucoup de messages s'affichèrent à l'écran. Tous du même numéro. Waisoma lui demandait s'il arrivait pour dîner. Le téléphone sonna.

— Tu arrives ?

— Quelle insistance !

— Je t'appelais surtout parce que Thailue est arrivé par le dernier vol. Il a acheté ce qu'il t'avait promis. Je voulais que tu prennes ton colis dans la nuit.

— D'accord, je ne vais pas tarder.

Son cœur s'emplit de tendresse et, aussitôt, Simelem se sentit coupable. Au fond, il éprouvait les mêmes sentiments que Thailue pour son épouse Waisoma. Était-ce normal ? En avait-il le droit ? Il imagina la douleur qu'il aurait éprouvée s'il avait été à la place de Thailue. Il fut si bouleversé à cette idée qu'il oublia aussitôt les phénomènes étranges qui venaient de se dérouler sous ses yeux. Pourtant, alors qu'il remontait sur la chaussée et s'apprêtait à partir, le sentiment d'une présence le retint. Un vieillard était assis à même le coaltar au milieu de la route. Il s'agissait de son oncle, qui peinait à se remettre debout. Simelem dirigea la lumière de son téléphone vers son visage. Le vieil homme marmonnait des paroles incompréhensibles. Simelem l'aida à se relever et le laissa aller son chemin. Il n'avait plus peur, à présent. La passion amoureuse est au-dessus de tout. Elle est l'essence de l'homme, elle décide ce qu'il est, ce qu'il fait, et annihile tous les tabous de la société. Simelem, ce « thupëtresij[90] » bien éduqué, en oubliait jusqu'à la coutume et les bonnes mœurs. Il lui fallait obéir à ce que disait son cœur.

Les chiens signalèrent son arrivée chez Waisoma. La silhouette de Thailue apparut dans l'encadrement de la porte de la maison en tôles. Les chiens vinrent saluer Simelem et les deux hommes entrèrent dans la cuisine où Waisoma finissait de mettre le couvert. Ils allaient passer à table. Les enfants étaient déjà dans la case. Ils

---

[90]   *Thupëtresij* : (tribalman) terme familier, voire péjoratif, employé pour désigner une personne qui vit à la tribu parce qu'il n'a pas réussi. Il est alors assimilé à un citoyen de seconde zone.

devaient se coucher tôt pour la colonie du lendemain et savaient qu'ils ne devaient pas écouter les discussions des adultes. Waisoma était heureuse et se sentait comme une reine. Deux hommes pour elle seule ! Son regard vagabondait allègrement de l'un à l'autre. Ils se ressemblaient comme deux frères et cela renforçait sans doute l'affection qui les liait tous les trois. Elle n'avait rien à se reprocher. Thailue non plus. Mais Simelem était mal à l'aise. Il ne savait pas où poser ses yeux. Cette situation lui coupait l'appétit. Waisoma était bien consciente de sa gêne. Mais elle agissait comme elle devait le faire envers tous les hommes de son clan. Tous des frères.

Simelem fut enfin libéré lorsque Thailue proposa de lui montrer ce qu'il lui avait ramené de Nouméa : un grand coutelas confectionné sur mesure, une tarière pour creuser des trous, une bêche et une barre à mine obtenue grâce à un ami wallisien qui travaillait dans une quincaillerie. Le tout bien emballé et engoncé dans une longue caisse. Tout cet outillage avait été demandé par Waisoma. Elle avait dit à Thailue de l'offrir à Simelem qui venait si souvent l'aider pour les travaux des champs. Sous le figuier, pendant les pauses, Simelem avait fait la liste de ce qui lui était nécessaire. Waisoma avait alors soulevé sa robe popinée[91] plus haut que le genou afin d'esquisser des croquis sur sa

---

[91]   La *robe popinée*, ou robe mission, est un vêtement féminin porté dans toute l'Océanie. Elle a été imposée par les missionnaires chrétiens, venus évangéliser cette partie du monde au XIXᵉ siècle en remplacement des tenues traditionnelles, impudiques à leurs yeux.

cuisse, demandant avec insistance à Simelem si c'était bien ce à quoi il pensait. Simelem, par pudibonderie et surtout par respect envers son cousin, avait détourné le regard et lancé des « oui, oui » d'approbation. Par jeu, Waisoma avait continué à dessiner ses figures. Mais Simelem ne ferait jamais le grand saut.

— Quand on aura fini de manger, je te ramènerai avec tout ça à la maison, lui dit Thailue.

Perdu dans ses pensées, Simelem acquiesça. La soirée s'achevait.

Le lendemain, Simelem fut réveillé par les appels de sa tante Waihmunij. Elle lui demandait son aide pour faire monter son oncle dans la navette qui allait au dispensaire de Wé. Le vieil homme était gravement malade. Sa respiration rauque faisait le bruit du moteur d'une voiture peinant à grimper une côte. Quand leurs regards se croisèrent, le vieux baissa sa tête. Pour Simelem, c'était une petite victoire. Son téléphone sonna au moment où il donnait la main à la conductrice pour boucler la ceinture du malade. Lorsqu'il voulut se dégager pour répondre, la main du vieux le fit sursauter en lui pressant le bras. Avec un sourire narquois, son oncle se pencha et lui murmura à l'oreille :

— Mon fils, fais très attention à la langue des femmes. Elle est mortelle !

Le vieux se tut, mais continua de sourire. Cette fois, c'était lui qui marquait un point. En fin de compte, il avait gagné, car Simelem ne répondit pas au coup de fil de Waisoma. On jasait déjà suffisamment dans la tribu sur le fait qu'il la voyait trop souvent.

Un peu plus loin sur la route, des jeunes de la colonie attendaient la camionnette qui devait les amener à Xodre pour se purger à l'eau de mer. Lorsque Simelem les croisa, ils lui proposèrent de se joindre à eux et il n'hésita pas. Il ne repassa même pas à sa maison pour prendre des vêtements de rechange. Il sauta à l'arrière de la camionnette et partit.

La journée de purge consiste à boire une mixture de feuilles médicamenteuses trempées dans de l'eau de mer, du lever du jour jusqu'à son coucher. Les modalités du traitement peuvent varier selon l'âge et la santé du patient. Mais il faut considérer que tout homme est un homme malade en puissance, par conséquent, il a toujours intérêt à boire cette décoction que les gens de Drehu appellent *wacitr*. En vérité, le *wacitr* est le nom du mélange d'eau salée et d'eau douce qui se boit en deuxième partie de cette journée. Or, la première étape consiste à descendre directement dans la mer avec les plantes, un mélange de feuilles, de lianes et d'écorce de bois râpée, ficelé dans de jeunes palmes de cocos germés. Les buveurs de *wacitr* se rendent dans la mer jusqu'à la ceinture pour y ingurgiter de l'eau salée, la bouche grande ouverte au vent du large. La responsable du protocole trempe l'enveloppe de feuilles dans l'eau et la soulève au-dessus de la bouche des patients qui s'empressent d'avaler le breuvage. De deux à cinq levées par personne.

Après quatre à cinq descentes dans l'eau, l'enveloppe est défaite. Un feu est alors allumé dans la cocoteraie, et des pierres y sont mises à chauffer. La responsable, aidée des garçons, retire les pierres chauffées au rouge et les place au milieu des feuilles médicamenteuses. L'enveloppe est ensuite refermée et ficelée, puis les buveurs redescendent dans l'eau pour la dernière fois. Cette partie s'appelle « boire le médicament chaud » et met fin au cycle de « boire de l'eau salée. »

Après cet exercice, tout le monde passe à l'eau saumâtre mélangée à d'autres feuilles médicamenteuses macérées dans une grosse bassine. Il n'est pas loin de la mi-journée et les buveurs, le visage défait par la fatigue, mais surtout par l'eau salée, se retrouvent dans la cocoteraie, allongés sur des nattes ou sur des nids de feuillages. Les plus coriaces restent à flotter dans l'eau jusqu'à la fin de la journée. C'est ce que les mamans préfèrent, car cela facilite leur surveillance.

Les plus jeunes, tenaillés par la faim, réclament constamment de la nourriture. La consigne est bien sûr de ne rien manger, pour laisser l'eau de mer et les feuilles agir sur tout l'organisme. Il arrive que des jeunes qui ne le savent pas, ou que la faim tenaille trop durement, trouvent à manger sous la cocoteraie. Ils ne tardent pas à s'en repentir. À la descente dans l'eau pour boire les gorgées suivantes, ou bien au moment de boire la bassine de *wacitr*, le tricheur rejette tout ce qu'il a absorbé. On assiste alors à des scènes hilarantes. La grand-mère se saisit de l'adolescent et lui tient la tête sous l'eau. Il boit alors le double ou le triple de ce à quoi il aurait normalement dû avoir droit.

Il peut aussi arriver que des jeunes ne tiennent pas le coup. Soit parce qu'il s'agit de leur première fois, soit parce qu'ils sont en mauvaise forme. Ils sont alors ramenés à la tribu, sur le plateau, pour ne pas perturber le traitement des autres.

Pendant toute la journée, le corps se vide de tout son contenu et on va au petit coin toutes les demi-heures ou davantage encore. Ceux qui ne parviennent pas à se soulager de cette façon vomissent. Ils souffrent plus que les autres et finissent épuisés. Vers la fin de la journée, tout le monde sait que la libération est proche. On va redevenir normal, prêt à vivre le nouveau cycle, la nouvelle année, la nouvelle igname, la nouvelle vie. Le feu qui a servi à chauffer les pierres chauffe à présent les cocos verts qui vont être bus pour éliminer les dernières toxines de l'organisme. À ce moment-là, mieux vaut plonger à nouveau dans l'eau pour se refroidir les fesses irritées par les déjections. Les buveurs de *wacitr* marchent comme des canards en écartant bien les jambes.

Après le coco vert chaud, une tisane ou un thé attend le groupe. Il est dit, alors, que le groupe vient de recouvrer la vraie vie. Tels des petits Jésus ressuscités. Le soir, une grande soupe et un bon repas attendent tout le monde, mais les ressuscités sont l'objet de tous les soins et de toutes les attentions.

Les gens de Drehu ne boivent pas seulement l'eau de mer lorsqu'ils sont malades. Il s'agit d'une tradition ancestrale. Une affaire de famille où les gens viennent pour passer du bon temps. Certains jours, on assiste à l'arrivée massive de familles des autres îles ou de la Grande Terre, comme si tout le monde s'était mis en tête de vider l'océan.

Pour Simelem, la journée fut très longue. Waisoma n'arrêtait pas d'appeler sous divers prétextes, disant que son mari avait besoin de lui pour désherber le grand champ, celui qui donnerait les nouvelles ignames pour les coutumes du mois de mars. Simelem lui avait répondu qu'il fallait attendre, qu'il reviendrait le lendemain. Il s'occupait de faire boire l'eau de mer à tous les autres jeunes de la tribu, et à la famille qui arrivait de Nouméa et qui n'avait pas l'habitude de cette journée de diète forcée. Les plus âgés transmettaient la parole immémoriale des aînés affirmant que cette décoction rendait les hommes plus forts, surtout pour le travail aux champs. En aparté, les grands-mères ajoutaient que le but de ce régime était aussi de préparer les garçons et les filles pour leur descendance. Les feuilles leur permettraient d'avoir de beaux enfants, immunisés contre toutes sortes de maladies, et qui n'auraient pas besoin de se déplacer sans cesse au dispensaire de Wé.

Pour les plus jeunes, il s'agissait surtout d'une journée de privation durant laquelle ils n'avaient pas la possibilité d'aller au magasin pour se goinfrer et dépenser les petites économies des parents (et surtout des grands-parents) en achetant des paquets de gâteaux à la mode et en buvant des boissons gazeuses cancérigènes.

En voulant aider un garçon à retirer son coco vert bouillonnant du foyer incandescent, Simelem manqua de se brûler le visage en tombant dans le feu. Pour amortir sa chute, il dut s'appuyer sur des morceaux de corail et de coquillage qui jonchaient le sol de la cocoteraie. La paume de la main qui s'est légèrement entaillée enfla aussitôt. Ce n'était pas une grosse plaie, sauf qu'à la saison où l'igname est dans sa phase de croissance, il ne fait pas bon avoir des blessures, aussi minimes soient-elles. Elles font très mal et mettent du temps à cicatriser. Le réflexe de la population de l'île est d'aller aussitôt se rincer à la mer pour aseptiser la plaie. C'est ce que fit Simelem.

Le lendemain, il fut réveillé par un coup de fil de Waisoma. Elle lui disait encore de venir aider son mari à désherber le champ d'ignames. Simelem coupa court à la discussion, chose qu'il n'était pas censé faire, étant donné le lien clanique qu'il avait avec Thailue.

— Je me suis fait une petite blessure à la main hier soir. Je dois passer au dispensaire pour la faire soigner.

— Il y a tout ce qu'il faut ici. Viens ! Tu sais très bien que je ne peux pas aider Thailue à désherber ce champ. C'est le champ des hommes pour la coutume de la chefferie. Ce n'est pas un champ de patates ou un champ pour la maison !

Après d'autres tergiversations, Simelem finit par accepter. Le sourire de son oncle demeurait présent dans sa mémoire.

— Simelem, merci. Ça donnera un joli coup de main à Thailue, surtout qu'il reprend l'avion demain. Je prépare la pharmacie. À tout de suite.

Simelem raccrocha et se mit à penser. C'était une activité qui lui était presque étrangère et il resta long-temps sur le bord du lit. À la tribu, il était sans cesse sollicité. Penser ne fait pas avancer les choses. Il ne sert à rien de penser, il faut agir! Agir en fonction du canevas imposé par la chaîne générationnelle. Et on s'agite pour la pensée d'autrui. Il se mit à rire tout seul. Il se rendit compte qu'il n'avait jamais de temps pour lui. Il était en permanence sur la route, jamais à la maison. «Chez lui», c'était juste une case. Une case qui fixait son appartenance à la tribu, mais dans laquelle il n'a pas d'effets personnels. Il s'agissait de l'ancienne maison de la famille dans laquelle beaucoup de leurs affaires étaient restées. Lui n'en avait presque aucune. Il est bien connu que les garçons sont les bras de la tribu. Ils doivent subvenir aux exigences de tous, et surtout des plus démunis. Leur temps viendra après le mariage. Son temps serait alors celui de son épouse et personne ne l'appellerait plus. Il pensa à Waisoma et le sourire malicieux de son oncle lui revint encore une fois en mémoire. Il sourit. Son cœur balançait. Au moment où il allait passer un coup de téléphone à Waisoma et inventer une raison pour ne plus se rendre chez elle, la voix de son père résonna dans la case.

— Oui, papa, qu'est-ce qu'il y a?

— Viens, j'ai à te parler.

Il sortit et partit le rejoindre. Il s'assit de l'autre côté du foyer. La porte était grande ouverte.

— Voilà, mon fils, l'autre maman de la maison[92] est venue dans la nuit pour nous informer du départ de Papa Trenamo. Sa respiration est allée sous le banian dans la nuit. Je suis allé te voir quand Maman était repartie, mais tu dormais profondément. Je sais que tu revenais de Xodre. Tu étais très fatigué. J'ai préféré te laisser pour que tu récupères de ta journée. Les jeunes sont très occupés ces temps-ci, et toi en particulier. Hnaloan est parti apporter la paille[93] chez tes sœurs et tes tantes. La construction des cabanes paraît urgente. La famille va affluer. Papa Trenamo, c'est quand même quelqu'un à la tribu. Il va y avoir du monde et surtout beaucoup de Blancs, comme il a travaillé chez eux. Tu vois, quand il a reçu la médaille du travail, son ancien patron en personne était venu en hélicoptère. Ça a été l'attraction de la journée, à se demander si la famille venait pour la remise de médaille du vieux ou bien pour voir l'hélicoptère. Pour la viande, faut voir avec les jeunes pour faire tomber deux têtes de bétail. N'y va pas avec eux, vois seulement avec Thapajue pour le fusil du vieux Papa Trenamo. Il est derrière la porte. Tu lui remettras. Il reste quelques balles et quelques chevrotines. Dis aux jeunes que le bétail n'est pas loin de l'endroit où vous avez retrouvé le Blanc. C'est Wapata qui m'a dit ça hier, à Wé, quand je suis allé voir ton papa au dispensaire. Toi, va plutôt chez Thailue, je crois qu'il est arrivé de Nouméa. Demande-lui ses feuilles

---

[92]   Les épouses des oncles paternels sont appelées «mamans».

[93]   La paille (*ijez* à Drehu) ; en Grande Terre (*le bois*) : geste pour convier les alliés à une cérémonie coutumière.

de tôles pour la baraque à paroles pour la cérémonie. Les nôtres serviront plutôt à abriter les marmites à la cuisine et l'abri pour les tables à manger. Voilà, je pense que j'ai tout dit. N'oublie pas de dire à ton frère[94] Thailue que, s'il compte encore passer quelques jours à la tribu, il pourra me tenir compagnie et attendre nos familles sous l'iadradrahe[95]. Il est bientôt six heures. C'est encore tôt, c'est plutôt bien.

Après qu'il eut parlé, il resta silencieux pour bien asseoir la pensée. Son fils ne disait rien et, en soit, c'était une réponse. De toute façon, Simelem savait que son père ne lui demandait pas son avis. Même s'il n'était pas d'accord, il ferait quand même ce qu'on lui demandait. On ne désobéit pas à ses parents. « Ikepe hna qaja[96] » disait le dicton. Avant de partir chez le responsable du comité de cimetière pour montrer l'emplacement de la tombe, le père Thamunun demanda encore à son fils de vérifier le fusil et les cartouches. Ce dernier, avant de franchir la porte, décocha une œillade à son père.

— Ben oui, mon fils, ton vieux papa était aussi un bon chasseur. Il avait même une tenue spéciale. On aurait dit un soldat, tu vois encore ça dans les livres d'histoire. Hahaha ! Il s'était même mis au tir à l'arc avec son patron. Il reste quelques flèches pour témoigner de cette époque, mais bon, elles sont émoussées.

---

[94] Le cousin est souvent appelé « frère », car les liens qui les unissent sont presque identiques.

[95] Baraque où vont se dérouler les coutumes et l'oraison funèbre.

[96] Accepter la parole d'autrui, même si on n'est pas d'accord.

Cela fit sourire Simelem. Il repensa à la rencontre mystérieuse qu'il avait faite avec son oncle juste avant son décès et ressentit un pincement au cœur. Il regrettait de ne pas l'avoir raccompagné à la maison, de l'avoir laissé au beau milieu de la route, comme son boucan[97] l'avait laissé. Et, plus tard, son père Thamunun était allé au dispensaire pour rendre visite à son frère alors que lui, son sang moussait dans ses veines à force de penser à l'épouse d'un autre...

Simelem prit le fusil et les cartouches, et s'en alla. Waisoma l'attendait.

— Alors, cette main? demanda-t-elle d'un ton empressé.

— Oh, je n'ai pas eu de mal à trouver le sommeil. La journée de baignade à la mer m'a bien aidé. Au fait, tu as bien fait de m'appeler, Papa voulait voir ton mari, dit Simelem d'un air grave.

— Quoi? Y'a un souci?

Waisoma avait certainement compris qu'il s'agissait d'une affaire d'homme. Mais elle n'avait pas pu s'empêcher de poser la question. Comme toutes les femmes du monde, elle n'avait jamais sa langue dans la poche. Simelem lui tourna le dos et alla dans la cuisine où Thailue était déjà installé. Ils se saluèrent, mais au lieu de se mettre à table, Simelem resta debout, à distance de son cousin. L'atmosphère devint grave. Simelem demanda alors la parole pour introduire sa requête,

---

[97]   *Boucan*: sortilège, médicament, gri-gri, remède. C'est le cheval de la vision de Simelem qui est ici évoqué.

puis se fit humble[98]. Il demanda ensuite si Thailue était déjà au courant du départ de son oncle et, seulement après, déclina la demande de la maison :

— Papa demande si tu peux prêter tes feuilles de tôle pour la baraque à paroles.

Il mit un billet sur la table[99] et fit silence. Après avoir laissé passer quelques secondes, Thailue remercia son cousin pour lui avoir transmis la parole de son père, et ajouta que les feuilles de tôles étaient restées à la maison commune depuis la dernière vente de la paroisse de la tribu. Il donna son accord pour les utiliser, puis invita Simelem à prendre le petit déjeuner. Les rôles habituels étaient bouleversés par les événements. De par la disparition de son père, Thailue était à présent le centre et le moteur des opérations. Le chemin coutumier était activé. Il laissa Simelem prendre son petit déjeuner et partit voir son épouse qui finissait d'habiller les enfants qui allaient à la colonie. Leur navette n'allait pas tarder.

— Comment ça ? réagit Waisoma en apprenant la nouvelle. Mais Simelem ne m'a rien dit !

---

[98]   « Je me fais humble, je m'abaisse, je me fais petit » sont les paroles que l'on prononce avant un discours devant une assemblée, en signe de respect.

[99]   Dans le protocole coutumier, une demande s'accompagne toujours d'un don symbolique : billets de banque, tabac, tissus, victuailles, etc. La valeur réelle du don importe peu, c'est le principe qui compte : on ne doit rien demander sans montrer que l'on veut offrir quelque chose en retour.

— C'est l'affaire du clan[100]. Range plutôt la maison, certaines personnes de nos familles qui arriveront pour le deuil viendront se reposer ici. Ajoute des nattes dans la case, nos mamans vont préférer dormir dedans. Est-ce que tu as suffisamment d'unités sur ton téléphone pour que j'appelle le bureau des réservations d'Aircal[101] ? Je vais reculer la date de mon départ.

Et il partit rejoindre son cousin qui finissait de déjeuner. Après le départ des enfants, Waisoma rejoignit les deux hommes avec, dans les mains, un attirail suffisant pour panser un éléphant. Thailue s'en étonna, il n'avait pas remarqué la blessure de Simelem.

— Qu'est-ce qui t'es arrivé, mon frère ?

— Oh, c'est une égratignure. Je suis tombé, hier, à Xodre, répondit Simelem un peu gêné.

Son cousin sourit du coin des lèvres.

— Le vieux Thamunun doit sûrement être impatient de me voir. Je t'attends, ou tu me rejoins là-bas ?

— Il va arriver après. Laisse-le, je vais soigner sa blessure, claironna Waisoma.

Thailue s'en alla.

— Alors, tu as déjà parlé avec ton frère[102] ? demanda Thamunun à Thailue dès qu'il fut arrivé.

---

100   Ce qui revient à dire : c'est une affaire d'homme.

101   Compagnie aérienne domestique qui dessert les îles Loyauté et la Grande Terre.

102   Ici encore, Thamunun appelle «frère» le cousin de Thailue.

La question n'avait rien à voir avec le deuil de Trenamo. Thailue répondit en souriant :

— On s'occupe d'abord du deuil de papa. Après, je demande le résultat des tractations à Waisoma. Jusqu'à maintenant, je ne lui ai pas posé de questions sur le sujet.

— Non, mon fils, si Waisoma n'a pas de sœur à proposer en mariage à ton frère, tu vas devoir la lui prêter ! Waisoma ! Hahaééè !

— Qeneiosi [103] ! Papa, tout... mais pas ça !

Et ils pouffèrent de rire en se serrant énergiquement la main. Ainsi, ils oubliaient la peine que leur causait la disparition du vieux Trenamo.

— Ça va, Papa. Waisoma a dit que le petit-frère est tout le temps avec elle. Les champs à la maison, c'est lui qui les fait. La madame à nous [104] m'a appelé un jour pour que je lui achète des outils. Ça tombait bien. Mes relations m'ont permis de satisfaire la demande sans trop de difficultés. Avant-hier, il était encore à la maison. Elle l'a appelé pour qu'il aille récupérer les enfants.

— Hahaha ! J'espère qu'avec ces nouveaux outils, sa femme [105] et lui ne vont pas transformer toute la parcelle

---

[103] Littéralement : Vagin, ouverture, sexe de la femme. Ce terme est couramment employé comme une interjection. Il perd alors son sens littéral et initial.

[104] *La madame à nous* : toujours sur le ton de la plaisanterie, Thailue présente ainsi Waisoma comme la femme de Thailue en même temps que la sienne.

[105] L'épouse d'un cousin ou d'un frère, la belle-sœur, donc, peut aussi être appelée la « femme ».

clanique léguée au prix du sang[106] en terrain d'aviation. Faut pas que les pilotes confondent Wanaham[107] et leur champ.

Ils rirent encore en se tenant les côtes. Quelques jeunes de la tribu arrivaient sur la grande route pendant que d'autres étaient déjà dans la cour de la maison du vieux Thamunun. Ils arrivaient pour monter les baraques et pour les autres besoins du deuil du vieux disparu. Tous avaient entendu sonner le glas. Ils s'étaient aussitôt rendus disponibles.

Pendant ce temps, Simelem se faisait soigner. Sa prétendue «égratignure» était devenue une grosse plaie. Thailue et son oncle allaient sans doute encore rire en voyant Simelem arriver devant les autres jeunes de la tribu avec un bandage qui lui ferait pendre le bras.

Après l'enterrement de son oncle, Simelem partit à Nouméa. C'était pour trouver un travail, disait la famille. Il prit le même vol que Thailue et s'établit chez lui, dans son appartement de Saint-Quentin. L'ennui s'empara de lui dès les premiers jours. Au petit matin, Simelem se levait de la natte qu'il avait étalée dans le salon et se mettait à la fenêtre pour vivre les premiers mouvements de la cité. De là, il avait une vue

---

[106] Après la guerre de 1914-1918, les trois chefferies de Drehu ont attribué des parcelles de terre aux volontaires partis défendre la cause de la mère patrie. C'était un geste de remerciement à leurs sujets respectifs pour avoir obéi à la parole donnée. Car, à Lifou, ce sont les chefs qui ont lancé l'appel pour partir à la guerre.

[107] Le terrain d'aviation de l'île.

plongeante sur le parking. Les gens convergeaient un à un des bâtiments vers les voitures et l'abribus, suivant leurs destinées. Simelem entendait les portes de l'ascenseur qui s'ouvraient et se fermaient. Le câble grinçait quand la cage changeait d'étage. Les senteurs matinales étaient colorées de café et des intérieurs des chambres des niveaux inférieurs qui montaient jusqu'à lui. Par moment, il prenait une chaise de la cuisine pour la coller à la fenêtre de la chambre et attendait. Comme si quelqu'un allait venir. En bas, dans le parking, les phares des voitures qui arrivaient et qui démarraient balayaient l'asphalte. Ici, passait un homme qui allait en saluer un autre, là, une dame entrait dans le magasin pour acheter le pain et le journal. Une voiture diffusant une musique bruyante le fit sursauter. Peut-être avait-il commencé à somnoler. Depuis combien de temps était-il posté là? Saint-Quentin s'animait de plus en plus alors que le soleil était encore caché derrière les immeubles. Les écoliers avaient fait leur apparition. C'était avec eux que la journée commençait vraiment. Des insultes fusaient et Simelem fermait les yeux, comme si c'eut été à lui que les mots étaient destinés. Les couloirs devenaient plus bruyants. Les mouvements de l'ascenseur étaient désormais accompagnés de coups de pieds et de mots grossiers. Il percevait aussi les courses poursuites et les cris dans les escaliers. Désormais, Simelem ne pouvait plus épier tranquillement à travers la fenêtre comme s'il regardait un film, il n'était plus seul à observer la cité. Depuis combien de temps la dame qui se coiffait dans l'autre bâtiment le dévisageait-elle? Trois appartements plus haut, un inconnu, qui sentait que le regard de Simelem allait se poser sur lui, se retira derrière les rideaux. Simelem se sentit coupable. De quoi ? Il l'ignorait. Était-il devenu un voyeur ? Toute sa vie, le rythme endiablé de Lifou lui avait épargné l'ennui et lui avait fait oublier ses soucis personnels. Mais, dans la capitale, l'ennui imprégnait tout. Il le rongeait doucement, entrait par les pores de sa peau et lui flanquait en pleine figure la vanité de son existence. La tribu est un lit douillet.

La semaine suivante, l'ennui fut encore plus pesant. « Lifou, Lifou, nöjeng... kölöini e Drehu »[108] résonnait dans sa tête.

Un soir, avant de dîner entre hommes, Simelem reçut un coup de fil de Waisoma sur le portable de son cousin. Il fut très gêné lorsque Thailue lui tendit l'appareil : « Waisoma ! » C'était juste pour lui demander s'il allait bien. Cela le perturba énormément. Seul le sommeil lui apporta un soulagement. Au milieu de la nuit, son rêve l'obligea à se lever pour prendre une douche. La deuxième de la soirée. Il avait rêvé de Waisoma. Il était passé à l'acte. Il mettrait son comportement sur le compte de la moiteur, si Thailue l'interrogeait sur son agitation nocturne. Après tout, le temps était cyclonique.

Le lendemain, la journée coula doucement. Il ne s'était pas levé. Il était resté allongé pour revisiter son rêve, encore et encore. Simelem était sur un petit nuage.

---

[108]   « Lifou, Lifou mon pays... Drehu que j'aime. »

— Mon frère, t'as une idée pour ce soir ? Ça te dit de venir en ville ? Un petit cinoche ? Allez, je t'attends à la place des cocotiers.

Simelem répondit par un murmure indistinct. Qu'avait-il à faire, sinon se laisser vivre ?

À la tombée de la nuit, le programme changea. Thailue le prévint qu'un taxi l'attendait dans le parking. Il fut surpris lorsqu'une voix le héla de loin. Il marqua un temps d'arrêt puis alla à la rencontre de l'homme qu'il ne tarda pas à reconnaître. Thailue, debout à côté de la voiture, l'invitait à prendre place sur le siège arrière. Une jeune femme y était déjà assise. Elle recula pour lui faire de l'espace.

— Waisoma ! s'écria-t-il.

— Non, je suis sa petite sœur, Sesëhnie. Waisoma m'a parlé de vous, dit-elle d'une voix très douce.

Simelem comprit aussitôt la raison de sa présence. Elle et lui. Sa promise était là ! Waisoma, Sesëhnie…, tout cela expliquait le rêve de la nuit précédente. Simelem avait du mal à croire à son bonheur. « La vie n'est pas avare, un bienfait est toujours rendu au centuple, n'est-ce pas ? » Cette parole qui revenait comme un leitmotiv dans beaucoup de discours était donc vraie ! Son cœur battait si fort à ses tempes qu'il pouvait en compter les battements. Les sentiments qu'il avait si souvent éprouvés devant le couple que formaient Thailue et Waisoma allaient enfin trouver leur conclusion. Il devait faire bonne figure pour honorer le choix de sa belle-sœur, songea-t-il. Il se sentait pourtant si gauche ! Cela n'était pourtant pas dans ses habitudes. Si Thailue n'avait pas été là, sa vie n'aurait jamais connu un tel bouleversement! « Trop choc! »

Pendant tout le trajet, Thailue et le conducteur animèrent la conversation. Le conducteur était arrivé dans le pays deux ans plus tôt et, comme tous les nouveaux venus, il s'intéressait à la coutume et à la culture kanak. La fête de l'igname était au cœur des discussions. De temps à autre, la parole portait jusqu'aux sièges arrière. Simelem balbutia une réponse confuse lorsque son cousin fit appel à lui pour donner des explications au sujet de la chefferie Boula et de la fête de l'igname. Le reste du temps, Sesëhnie et Simelem restèrent murés dans le silence. Des deux, la demoiselle était cependant plus à son aise. Elle avait toutes les billes en main. Il ne restait plus qu'à laisser le temps suivre son cours.

Après le dîner et le cinéma, Simelem accepta la proposition de son cousin. Sesëhnie avait déjà donné son accord pour convoler avec lui. L'affaire fut vite conclue. Les tourtereaux allaient passer la nuit sur la même branche, pour savourer leur nuit de noces avec un peu d'avance. Ils rentrèrent.

Au petit matin, Sesëhnie fut réveillée par son téléphone.

— Le malheur des uns fait le bonheur des autres. Ehaé! dit la voix de Waisoma qui, de toute évidence, savait déjà comment la soirée s'était conclue.

— Alors, ce Simelem... il t'a montré comment sont les gens de Hunöj ?

Sesëhnie sourit et jeta un coup d'œil vers son futur époux. Elle lui fit une tape amicale sur la poitrine et mit le téléphone sur haut-parleur. Ils écoutèrent ensemble cette voix à la fois si lointaine et si proche.

— Euh… ma sœur, je t'appelle parce que je n'ai pas bien dormi. J'ai fait un mauvais rêve et j'ai passé le reste de la nuit à lui chercher un sens.

— Peut-être qu'il n'a pas de sens…

— Tous les rêves ont un sens. Maman le disait, mais il est souvent difficile de trouver la bonne lecture.

— Raconte-moi.

— Ipo, la grande fille d'oncle Watroie, était sur une plage. Elle creusait un grand trou pour y enterrer une caisse. Il y avait des petits pieds et des petites mains qui sortaient de chaque extrémité de cette caisse. Ils s'agitaient.

— Elle a avorté. Sûr !

— Peut-être ! Je sais pas, mais ça me stresse. Je sens que j'vais pas être bien de la journée.

— Oh ! Toi ! Avec tes grands airs de diseuse de bonne aventure. Tu vas finir par faire venir des nuages sur ce beau soleil. Mais si ça se trouve, euh… t'es en voie de famille[109]. À moins que ton mari ait toujours dormi avec Simelem. Hahaha ! Attends Mass[110], Maman disait aussi que, des fois, faut comprendre le contraire de ce que la nuit a révélé.

---

[109]   Tu es enceinte.

[110]   Ma sœur.

— C'est vrai. Je me rappelle. Ça me console. En plus, j'ai eu le réflexe de retourner mon oreiller. Bonne journée et bisou à Simelem. Hé! n'oublie pas de faire aussi la bise à mon mari. Aouh, tout seul! Lui! Pas dire!

Quelque temps après l'échange, la voix de Thailue résonna depuis la cuisine. Il appelait Simelem et Sesëhnie pour le petit déjeuner. Il avait pris soin d'aller acheter des croissants et des pains au chocolat.

— Pour vous remettre d'aplomb! dit-il en souriant

La réponse ne se fit pas attendre. « Föixa[111]! » dit sa belle-sœur en frappant trois fois dans ses mains. Cette manifestation de joie démarrait bien la journée. Ils rirent tous les trois et passèrent à table. Ce jour-là, Simelem n'aurait pas droit à sa grasse matinée habituelle.

Après le petit déjeuner, pendant que Sesëhnie débarrassait la table, Simelem sortit de la cuisine et revint aussitôt avec un billet et une pièce de tissu.

— Mon grand-frère, dit-il à Thailue, ce geste est un signe de respect et de remerciement à toi, pour la maison, et à Waisoma. Je ne connaissais pas vos arrangements. C'était votre part pour l'édification de ma personne au regard de notre famille, mais aussi de notre clan. Mon Papa a vu le soleil avant le tien. Et maintenant, Papa Trenamo vient de nous quitter. Nos vieux partent l'un après l'autre. Qui sait demain? Je te remets ce tissu et ce billet pour remercier la pensée de Waisoma, la femme à nous deux. Pour dire que j'ac-

---

[111]   Relation incestueuse entre un frère et une sœur. Ici, une marque interjective, voire affective.

cepte la pensée de prendre sa sœur pour épouse. Je lui promets d'être fidèle toute ma vie. Ma parole, c'est à toi que je l'ai donnée[112]. Oléti[113].

Avant de prendre le geste[114] posé devant lui, Thailue disparut dans sa chambre et revint lui aussi avec une coutume. Il effleura alors le tissu et le billet qui étaient sur la table et remercia Simelem. Il dit que Waisoma était très heureuse de savoir qu'ils étaient chez elle, dans son appartement à Saint-Quentin. Il ajouta que la suite se déroulerait à Lifou lorsqu'ils annonceraient la nouvelle aux oncles maternels et à la famille. Le plus tôt serait le mieux, compte tenu du calendrier des activités de la tribu.

Quelques jours plus tard, Simelem accompagna Thailue et Sesëhnie au port de Nouville. L'un de leurs amis, marin-pêcheur, leur avait proposé de les amener à bord de son navire qui faisait escale à Lifou avant de partir pour Tiga. Simelem, retenu par des formalités au bureau des embauches, les rejoindrait su l'île peu après, par un vol régulier.

Lorsque le bateau eut disparu à l'horizon, Simelem alla voir Iamele, un frère de son clan[115] qui travail-

---

[112]   Je fais de toi le témoin de mon engagement.

[113]   *Oléti* : « merci » en langue drehu. Ce mot conclut chaque discours de coutume.

[114]   *Le geste* : l'offrande.

[115]   Un membre de son clan.

lait dans une société de lamanage[116]. Il lui proposa de prendre un café en compagnie d'autres cousins de la tribu. Ils échangèrent et la bonne nouvelle prit la mer comme voguent les épaves au fil de l'eau : au gré des vents et des marées. Simelem allait se marier à Sesëhnie, la petite sœur de Waisoma. Quelle nouvelle ! Elle allait arriver à Hunöj avant tout le monde. Vers le soir, malgré la proposition d'un frère pour le ramener, Simelem appela le taxi n° 217, celui dans lequel il avait fait la connaissance de Sesëhnie.

Désormais, il était vraiment seul. Sa nuit serait très longue.

Le lendemain, il régla rapidement ses formalités et prit aussitôt l'avion.

À son arrivée à Wanaham, Waisoma était-là et tout le monde les félicitait.

— Où elle est, la future épouse ? C'est pour quand ? Quand est-ce qu'on va monter à table ?

Toutes ces questions le rendaient confus. Par moment, le visage de Sesëhnie occupait sa pensée. Puis c'était celui de Waisoma. Les deux se confondaient. Tantôt l'un, tantôt l'autre. Simelem ne faisait plus de différence entre les deux sœurs. Il les aimait tout autant l'une que l'autre.

Au wharf de Wé, ils ne trouvèrent que les pêcheurs de maquereaux et le lamaneur de l'île qui comptait ses cent pas sur les quais.

---

[116] *Lamanage* : pilotage des navires à l'entrée et à la sortie des ports.

— Le bateau pour Tiga n'est pas arrivé? demanda Nyipitim, le petit frère de Thailue.

— Normalement, il devrait être là dans la journée, mais là… Oh! il ne devrait pas tarder. Sinon, dans la nuit et peut-être même assez tard. Ça arrive. Je vous laisse mes coordonnées? demanda l'homme sur le ton dégagé et rassurant des professionnels.

— Ce n'est pas nécessaire. On reviendra, reprit Nyipitim.

Ils partirent.

Les jours passèrent et le bateau du marin-pêcheur ne toucha jamais le quai.

— C'est comme pour *La Monique*[117]? s'interrogeait-on déjà dans les communications radiophoniques.

Des recherches furent lancées, comme à chaque disparition. Mais, cette fois, les gens de Hunöj étaient impuissants. Ils ne furent pas sollicités. Simelem et Waisoma ne sortirent pas de la maison.

Ils vécurent ensemble à l'idée que ni l'océan ni même la grande forêt ne leur rendraient jamais celui et celle qu'ils avaient aimés comme leur propre vie.

---

[117] La Monique est un navire qui disparut dans la nuit du 31 juillet au 1er août 1953 entre Tadine (Maré) et Nouméa. Son épave ne fut jamais retrouvée malgré les innombrables expéditions de recherche menée depuis lors. Ce drame marque toujours profondément la société calédonienne. Il y avait à bord 108 passagers et 18 hommes d'équipage.

Ouria

*D*epuis trois jours, la paupière gauche de Xafeiat
ne se fermait plus, ou plutôt, elle n'arrêtait pas
de frétiller, signe qu'un douloureux événe-
ment allait frapper la famille. Le doute s'installa en lui
et commença à le ronger. Plus le temps passait et plus il
devint anxieux et renfrogné. Il réfléchissait. Beaucoup.
Et, de temps à autre, il remuait les lèvres comme s'il allait
parler. Et il parlait, en effet, en s'adressant aux habitants
de son cœur. L'esprit des anciens qui vivait en lui lui
soufflait que quelqu'un de la famille allait partir.

Qui ? Il n'en savait rien.

Samedi, quand le point du jour dessina le contour
des montagnes, du côté d'Atéou[118], le téléphone sonna.
C'était Tcheguun. Un appel à cette heure surprit
Xafeiat, mais il avait déjà idée qu'un malheur se nouait
quelque part. *One phare*, la chienne de la maison, avait

---

[118] Atéou est une tribu située dans la chaîne, dans les envi-
rons de Tiéta et de Koné, en Province Nord, sur la
Grande Terre.

hurlé à la mort une grande partie de la nuit, tandis que sa paupière gauche avait cessé de frétiller. La chose était imminente.

— Xafeiat, bonjour. C'était pour te dire de ne pas sortir de la maison. J'arrive. J'ai quitté Bondé. Je suis sur la route. J'ai quelque chose à t'annoncer, mais je ne peux pas te le dire au téléphone.

Xafeiat frémit. Puis il se leva pour mettre de l'eau dans la cafetière électrique, prit la voiture et alla acheter du pain à Voh. Ces tâches incombaient normalement aux enfants et à la maman, mais il les faisait exception-nellement pour être en mesure d'accueillir son cousin. Il prendrait le petit déjeuner avec lui.

À son réveil, Éléonore, son épouse, ne trouva pas la voiture. Elle comprit aussitôt que quelque chose d'anor-mal venait d'avoir lieu. Elle prit son mal en patience. Les surprises étaient le sel qui amenait la vibration de la vie tri-bale au sommet des flots. Elle attendit le retour de Xafeiat, assise près de la cafetière, après avoir pris soin de s'enrou-ler dans la couverture qu'elle avait sortie de son lit.

Quand Xafeiat revint de Voh, son cousin était déjà là. Son épouse était sortie de la maison pour lui tenir compagnie à l'extérieur. Le temps que Xafeiat arrive et descende de la voiture, Tcheguun s'engouffra à nou-veau dans la sienne et Éléonore disparut, drapée dans sa couverture comme dans un linceul. Xafeiat la rejoi-gnit à l'intérieur. À table, le couple attendit quelque temps. Puis Xafeiat ressortit. Son cousin s'avança vers lui avec un sac jusque devant la case, puis il lui tendit un billet de mille francs.

— C'est mon *qëmek*[119], ici, à la maison de maman[120]. Cette maison est aussi la mienne[121].

Il sortit un autre billet de mille francs et un tissu.

— Ceci est la raison de ma venue. Je t'informe que le feu que grand-père et ton clan ont allumé à la maison s'est éteint[122]. Hier dans la nuit. J'ai attendu le chant du coq pour t'appeler parce que je ne voulais pas que tu quittes la maison aujourd'hui. Et, je m'excuse pour cela. L'enterrement des os[123] est prévu pour demain à neuf heures. Voilà le *bois*[124]. Olé[125].

---

[119] *Qëmek* : coutume d'entrée (offrande) chez quelqu'un lorsqu'on arrive pour la première fois.

[120] *Ici, à la maison de maman* : par ces paroles, Tcheguun rappelle simplement que sa mère est issue de la même lignée que celle de Xafeiat.

[121] *Cette maison est aussi la mienne* : par ces paroles, Tcheguun affirme sa fidélité à sa lignée et rappelle que le clan de Xafeiat est celui de sa mère.

[122] Tcheguun est le cousin germain de Xafeiat. Ils ont donc le même grand-père. Par la formule « le feu que grand-père et ton clan ont allumé à la maison s'est éteint », Tcheguun annonce pudiquement la mort de sa mère.

[123] *Enterrement des os* : expression dans la langue de Tiéta pour désigner tout simplement un enterrement.

[124] *Voilà le bois* : autrefois, on offrait du bois comme coutume d'invitation pour un événement coutumier. Le mot est resté pour désigner l'offrande coutumière qui joue aujourd'hui ce rôle.

[125] *Olé* : forme abrégée de *oléti* (en drehu) qui veut dire « merci ». *Olé* se dit également en langue paicî. Cette formule conclut habituellement tous les discours.

Il déposa toute sa coutume sur le capot de sa voiture. Au moment où Xafeiat allait se retourner, son épouse était déjà à ses côtés. Elle tenait dans sa main un sac. Xafeiat y plongea la main et en sortit un tissu et un billet. Tcheguun savait que c'était pour lever sa coutume[126] posée sur le capot. Xafeiat prononça quelques mots pour réconforter son cousin et l'inviter à entrer afin de prendre le petit déjeuner qui était déjà servi.

— Et le serpent? lança Tcheguun avec une grimace comique.

— Je savais que tu allais parler de ça, dit Xafeiat en ricanant. C'est un peu notre monstre du *Loch Ness,* mais dans les gaïacs de la vallée, cette fois-ci.

— À la différence, que chez vous, les tontons, c'est du pur vrai. Ehahaé !

— Que te dire, mon neveu[127] ? On se fie aux infos. La vieille Kapo m'a retenu au magasin, voilà pourquoi j'ai mis du temps à revenir. Je me suis attardé pour l'écouter dérouler ses pensées de toutes les couleurs. J'en

---

[126] *Lever sa coutume*: accepter sa coutume en offrant un contre-don. Toutes les offrandes coutumières appellent un geste en retour, qu'il s'agisse d'une parole ou d'un contre-don.

[127] Techniquement, Tcheguun et Xafeiat sont cousins. Mais, dans la société kanak, les termes «cousin», «oncle» et «neveu» font plus souvent référence aux rôles sociaux, plutôt qu'à la position génétique. Étant donné que le père de Xafeiat est l'oncle maternel de Tcheguun, toute la descendance de cet oncle «hérite» de son rôle social. Ainsi, Xafeiat est appelé «oncle» par Tcheguun qui l'appelle lui-même «mon neveu».

retiens une, écoute, elle n'est pas mauvaise. Elle dit vouloir donner des pièces, quoi… 500 francs, 100 francs…, selon son cœur. La somme irait à Leko, celui qui a tiré sur le serpent. «Je n'ai pas de Mobilis, mais j'ai envie d'envoyer ma pensée aux radios pour que les services de la Province et même, et surtout nous, les Tiéta, donnions quelque chose à Leko. Xafeiat, tu imagines, s'il n'avait pas tiré le serpent et que cette chose-là continuait à vivre dans la vallée loin de nos yeux? Mais il va grandir encore plus, et il va donner naissance à des petits qui vont aussi grandir! Ils viendront de la chaîne vers chez nous, et ça, ça va créer des dégâts. Moi, j'ai peur!» J'ai ri un peu. Un peu, seulement, parce qu'au fond, je pense comme elle. On imagine bien les dégâts que la bête aurait créés si Leko avait raté son coup, ou s'il avait paniqué et qu'il avait pris la fuite.

— Tonton, c'est sur toutes les bouches, et chez nous aussi. Votre machin, là, il va alimenter les discussions à la cuisine[128] pendant le deuil de *Gué Maison bleue*[129].

---

[128] *Les discussions à la cuisine* : les rumeurs. C'est très souvent autour de la cuisine (une structure légère située en extérieur) que les rumeurs s'échangent.

[129] Il est tabou d'appeler les tantes par leur prénom. On leur attribue donc des noms d'emprunt, le nom de la tribu où elles se sont mariées, ou bien une caractéristique de chez elles. Gué veut dire «grand-mère». Ici, Gué Maison bleue désigne la maman de Tcheguun qui est aussi la tante de Xafeiat.

— C'est bon s'ils donnent ça aux gens de Drehu, ils vont faire bougna avec[130]. Hahaha!

— T'as quoi après les gens de Lifou, toi? demanda Éléonore. Vous avez qu'à manger votre diable, vous, les gens d'ici.

Éléonore était originaire de Nengone. La solidarité loyaltienne[131] l'obligeait à prendre le parti des gens de Lifou dans cette fausse querelle. Ils éclatèrent tous de rire.

— C'est vrai, ça! Mais est-ce que ça se mange, cette espèce? reprit Tcheguun.

— Bonne question, mais les gens de Kejëny ne mangent que les serpents de chez eux. Ils sont plus petits. Mais celui d'ici… Xwiou[132]!

— Kalou[133], déjeune. Tu as encore de la route à faire et surtout le travail à Tantine[134], dit Xafeiat. Moi, je vais tout de suite aller voir Ninale à Camadhoup, pour lui

---

[130] Dans tout l'archipel calédonien, le bougna est un plat traditionnel qui peut se cuisiner avec toutes sortes de viandes. Les gens de Kejëny (une tribu de Drehu/Lifou) sont les seuls à être connus pour consommer la viande de serpent. Xafeiat évoque cette particularité sur le ton de la plaisanterie en suggérant de donner le serpent aux gens de Drehu pour qu'ils le cuisinent en bougna.

[131] Des îles Loyauté. Maré, Lifou, Ouvéa, Tiga. (Nengone, Drehu, Iaai, Toka-node).

[132] Interjections: *Ehahaé, Ehaé, Xwiou, Hahaé, Aouh.*

[133] *Kalou*: terme qui désigne le lien de cousinage dans la région Hootmawhaap.

[134] Le *travail* dont il est question ici désigne tout ce que la famille doit faire pour préparer le deuil.

annoncer la nouvelle. Tu connais la bande… pour les faire bouger, il faut faire appel aux grosses pelles de Vavouto[135], comme pour lever des tonnes de terre.

— Oh! tu as raison! Mais ça, c'est partout pareil.

Après le départ de Tcheguun, Xafeiat prit le geste coutumier et partit à Camadhoup. Tout le travail du clan allait se faire chez Ninale qui était le garant de sa bonne exécution.

Une fois sur place, Xafeiat rencontra le vieux Bwagio, le dernier papa[136] de la maison, en compagnie de Ninale et de son épouse.

— Bonjour, vous deux. Ça tombe bien que papa soit là aussi. Est-ce qu'on peut se voir un moment?

Kilawe, l'épouse de Ninale, salua Xafeiat. Puis elle disparut dans la cabane à feu pour mettre de l'eau à chauffer dans le fait-tout. Elle savait que beaucoup de monde ne tarderait pas à affluer à la maison, après la venue de Xafeiat à Camadhoup. Elle posa la marmite sur les rails qui surplombait le foyer et empila des branches auxquelles elle mit le feu. Puis elle revint dans la maison en dur. La coutume était l'affaire des hommes qui étaient restés à l'extérieur. Mais, à sa façon, Kilawe tenait sa place dans la vibration qui anime chacun des rituels de la tribu.

---

[135]   *Vavouto* : exploitation minière sur laquelle travaillent des pelles mécaniques énormes.

[136]   Tous les frères du père, et même ses cousins sont appelés « papa ».

— Comme vous le voyez, j'apporte là une coutume, dit Xafeiat en s'adressant à Ninale et au vieux Bwagio. Tante *Maison bleue* est partie dans la nuit.

Les trois hommes se regardèrent un moment avec gravité. Ninale prit le tissu et le billet de banque que lui avait remis Xafeiat pour les poser sur la table. Depuis la maison, Kilawe appela son époux qui la rejoignit. Ils reparurent et Ninale revint vers les deux autres avec un tissu à la main pendant que Kilawe se pressait d'aller à la voiture. Xafeiat la coupa dans son élan.

— Pour les pièces[137], Madame Camadhoup, je m'en occupe.

— Oh! J'allais prendre quelques pièces glanées çà et là au marché de Pouembout, lui répondit Kilawe en revenant vers les rails où l'eau commençait à monter en ébullition.

— J'ai vu le colporteur hier, dit encore Xafeiat qui l'avait suivie. Ses cageots étaient bien chargés de bananes poingo et de chouchoutes.

Le sous-entendu était évident. Xafeiat invitait Kilawe à préparer des provisions.

— C'était sûrement les récoltes du vieux Limite. En ce moment, il produit beaucoup. Ehaé!

Elle tentait ainsi de détourner l'attention, sans doute par crainte de subir une trop forte pression.

— Vous avez vu le bordel que les jeunes ont fait chez Barda? demanda Ninale, venant à la rescousse de sa femme.

---

[137] *Pour les pièces*: Xafeiat évoque l'argent qui accompagne les tissus ou les victuailles pour constituer l'offrande qui est appelée «geste coutumier».

Tous les trois savaient que madame Camadhoup avait gagné le cumulé au grand bingo de Voh. Ce prix, organisé par une grande association de la place, représentait près de sept cent mille francs.

— Kilawe, amène les bols, dit le vieux Bwagio. Moi, j'ai envie de boire du café... Eh! Vous deux, on n'en a pas fini avec la coutume de la tantine.

Usant de son expérience, le vieil homme voulait éviter que les plaisanteries ne tournent mal, altèrent les relations et nuisent ainsi à la tâche qu'ils allaient entreprendre. Les feux de brousse commencent avec une allumette et les disputes violentes peuvent naître d'une parole maladroite.

— C'est vrai, papa, reprit Ninale. Kilawe, donne-nous une natte.

Ils s'en retournèrent tous les trois pour aller sous le faré. Ninale étendit la natte pendant que Xafeiat et Bwagio découpaient le rouleau de tissu en coupons de même longueur. Cinq. Le vieux papa ne voulait pas être compté dans les destinataires. Après tout, il était déjà là avec les deux hommes. Ninale étala les coupons sur la natte pendant que Xafeiat revenait de la voiture où il est allé chercher des pièces de monnaie.

— Deux cents francs sur chaque coupon, ça vous va? demanda Xafeiat.

Personne ne prit la peine de répondre. Il fallait faire silence pour que leur pensée imprègne le geste qu'ils préparaient. Le «bois» qui annoncerait la nouvelle aux clans alliés serait donc composé d'un coupon de tissu et de deux cents francs. Ninale reprit la parole pour partager les tâches, c'est-à-dire la façon dont le geste coutumier serait distribué, et pour décider de l'heure de l'enterrement du lendemain. Le vieux Bwagio couvrirait la zone de Poya jusqu'à Gatope pendant que Xafeiat et Ninale sillonneraient les tribus de la vallée. Il était sept heures. C'était encore tôt, grâce à Tcheguun, leur neveu, qui avait apporté la nouvelle à l'aurore.

La tante mariée au grand chef de Bondé venait de décéder. Le vieux Bwagio l'avait appris dans la nuit par un chemin détourné. Il était arrivé tôt chez Ninale pour devancer Xafeiat, mais il avait gardé la nouvelle pour lui, prétendant venir emprunter une tarière pour son champ. Xafeiat était l'oncle utérin de la défunte, c'était en tout cas ce qui se disait dans tous les discours coutumiers. La tradition lui imposait donc le devoir d'enterrer les os de celle qui était considérée comme la sœur de son père. Mais la réalité était plus complexe.

D'un signe du menton, Ninale indiqua au vieux Bwagio que son tour était venu de parler. Après les formules d'usage, le papa commença par remercier les deux hommes appartenant à la génération qui suivait la sienne. Xafeiat et Ninale étant les enfants de ses deux grands frères. Il détailla ensuite les liens réels qui les unissaient à la tante de *Maison bleue*.

— Dans les années dont se souvient la mémoire clanique, mes frères et moi sommes partis à Poindimié pour une coutume de deuil d'une grand-mère dont nous étions les tontons maternels. J'étais le plus petit de la fratrie et je me souviens très bien de ce moment-là. Après le repas, servi sur des feuilles de bananier posées à même le sol, vint le temps du retour des biens[138]. Hao-Awaounde[139] fumait sa pipe debout, droit devant la case où la famille du mort avait sorti la grosse coutume. Il a pointé de sa canne une femme assise sous un litchi. Elle s'abritait du soleil pour allaiter son bébé. Alors… eh bien… Gué[140] est partie tout droit vers la femme qui a aussitôt levé son enfant et l'a posé dans ses bras… sans dire un mot. Notre maman est revenue vers nous, tout sourire, pendant que les autres membres de notre clan déshabillaient la maison de la défunte en prenant tout ce qu'ils voulaient. Les femmes de l'époque, prenaient les fleurs, mais cela n'a pas changé depuis. Les hommes n'en prenaient pas. C'était une maman qui décédait. Quelques jours après notre arrivée, quand on a fait le partage du retour des coutumes, Hao-Awaounde a dit que la petite fille pouvait rester chez nous et que sa coutume nous reviendrait[141], même si on devait la considérer comme notre petite sœur. La parole d'Hao coupait

---

138 Lorsque survient le décès d'une personne, ses biens reviennent aux oncles utérins qui les partagent avec les membres de leur clan.

139 *Hao-Awaounde*: Grand-père Awaounde. *Hao* signifie grand-père en langue de Tiéta. Compte tenu de ce qui va suivre, on peut supposer que ce grand-père du clan s'adonnait à des pratiques occultes.

140 *Gué*: grand-mère. La maman de Bwagio et la grand-mère des deux autres hommes.

141 *Sa coutume nous reviendrait*: après son décès, ses biens nous reviendraient. Cela signifie que Bwagio et ses frères sont «désignés» comme les oncles utérins de la petite fille, à la place de leurs véritables oncles utérins, ce qui est absolument inhabituel dans la tradition.

la route qui allait de l'enfant vers ses oncles biologiques. La layette du bébé est arrivée un an après, alors que nous étions repartis là-bas pour la levée de deuil. Elle n'était plus utile. Votre tantine avait déjà grandi et elle ne se souvenait de rien. Elle n'avait pas un an, au moment des faits. Et puis, maman ne voulait rien de chez eux, ici, chez nous, de peur que bébé se souvienne de son histoire et qu'elle se sauve en repartant là-bas. C'est comme ça qu'on voyait les choses, à l'époque. Son nom et prénom, papa les a changés. Voyez, elle porte le prénom de votre grand-mère, mais en français, elle s'appelle Monique, en souvenir de nos familles disparues avec *La Monique*[142]. Maman est originaire de Maré. Notre aîné, dans la famille c'est le papa de Ninale, mais la tantine a été donnée pour être la sœur du papa de Xafeiat. Voilà pourquoi toutes les coutumes venant de *Maison bleue* passent par chez toi.

Kilawe avait écouté le récit en même temps que les deux hommes. Tous les trois avaient les yeux écarquillés et la tête qui se balançait d'avant en arrière. Nul n'avait jamais eu vent de ce vécu ni de cette coutume.

— Maintenant, vous savez, conclut le vieux Bwagio.

Il n'y avait même pas eu de « olé », comme après chaque discours coutumier. La surprise était si grande qu'ils en oublièrent de revenir à l'histoire du python de la vallée qui faisait le buzz sur le Net. Ils passèrent à table.

---

[142]   *La Monique* : caboteur des îles Loyauté disparu mystérieusement avec 126 passagers le 31 juillet 1953. La plupart des passagers étaient originaires de Maré.

Xafeiat était le plus touché par le récit de son oncle. Il accepta un deuxième café. De toute façon, en pareille situation, on a toujours peur de refuser l'hospitalité, même lorsqu'on est diabétique ou goutteux et qu'on surveille son régime. Les vieux disaient toujours qu'il fallait respecter le travail d'autrui. «Nous, on mange. Le docteur nous soigne. À chacun son métier.» C'est le vieil adage que répéta Bwagio pour faire honneur à Kilawe qui se tenait debout, au bout de la table, avec un torchon sur l'épaule. Il voulait surtout faire un peu oublier le récit qu'il venait de narrer. Kilawe lui sourit tout en veillant à ce que personne ne manque de rien à table. Ils prirent le café en étant conscients que le temps pressait, puis ils se quittèrent. Chacun gardait en tête que le lendemain, à neuf heures, leur clan devait enterrer les os[143] de leur tante, conformément à ce que dictait la parole kanak.

Au retour de chez Ninale, Xafeiat se remit à nouveau à table et resta quelque temps silencieux pour bien remettre ses idées en ordre. La disparition de la tante, le serpent de la vallée, mais surtout le récit «d'adoption» révélé par leur petit papa, dernier de la fratrie. Depuis le départ des enfants pour aller au champ, son épouse était restée à table. Elle l'attendait et se montrait distante, mais très attentive à tous ses mouvements. Pour le reste, tout se passait comme un samedi ordinaire où tout le monde devait aller au champ. Xafeiat informa Éléonore de la petite réunion qui venait d'avoir lieu à Camadhoup. Il lui dit aussi qu'il allait s'absenter pour

---

[143]   Pour désigner l'enterrement d'une personne.

amener le *bois*[144] dans les tribus de la chaîne. Son épouse ne répondit pas, elle se contentait de se connecter à lui tout en peignant ses longs cheveux noirs dans le petit miroir collé au buffet de la cuisine. Xafeiat alla faire sa toilette puis il appela Rémy pour lui demander son petit camion à benne basculante. Ce fut l'occasion de lui annoncer la raison pour laquelle il avait besoin de ce service. Ensuite, il attendit. Rémy ne mit pas beaucoup de temps pour arriver. Il avait amené avec lui deux tissus et quelques billets de banque. Une façon de témoigner sa sympathie pour le deuil de la tante de Xafeiat, même s'il n'était pas de son clan. L'amitié n'a pas de frontière. Après le départ de Rémy, arriva Ninale qui appela Éléonore. Ça n'était rien d'autre qu'une façon de signaler sa présence. Xafeiat sortit à la suite de son épouse qui le gronda pour ne pas avoir proposé de thé à son cousin. Ninale refusa en s'excusant :

— Madame, merci, mais vaut mieux qu'on démarre tôt, avant que d'autres personnes viennent. Il faut qu'on aille après couper des régimes de bananes et arracher des taros pour demain.

Éléonore se plaça derrière son mari pour saluer Ninale.

— Bon, c'est toi![145]

Les deux hommes partirent et la maman retourna dans son monde.

---

[144] *Le bois* : l'offrande coutumière invitant à la cérémonie de l'enterrement.

[145] *Bon, c'est toi* : c'est toi qui vois, c'est comme tu veux.

Aussitôt parti, Xafeiat appela son responsable au téléphone, pour qu'il le remplace dans son service de ramassage scolaire de la semaine suivante. Puis il appela Ouria.

— Bonjour, mon frère Xafeiat[146], ça va ? répondit-elle.

— Ah, tu as reconnu mon numéro ! Ça fait longtemps quand même !

— Trois ans. Mais je ne t'ai pas oublié, et comment ! c'est plutôt toi, qui m'as oublié.

— Non, ma sœur. Je suis trop occupé. Ça me fait de la peine que tu parles comme ça. Xafeiat par-ci, Xafeiat par-là. Un jour, mais je ne sais pas quand, quand Dieu le voudra, on se reverra.

— Et l'histoire du serpent, c'est vrai ? C'est ma fille qui m'a montré les photos sur Internet. Elle me dit qu'elle connaît les jeunes qui posaient devant la bête.

— C'est sur toutes les bouches. Et tu connais l'endroit où ils l'ont tirée[147] ? Ce n'est pas loin de ton champ avec tes élèves.

— C'est vrai ? Quelle horreur !

— Je te charrie. Ils ont tiré plus haut, en s'enfonçant vers la chaîne. Tu vois le creek où une fois vous aviez campé, toi et les enfants de l'école du dimanche, un

---

[146] *Mon frère* : dans tout ce dialogue, Xafeiat et Ouria s'appellent « mon frère » et « ma sœur », mais il ne s'agit que d'une façon d'exprimer l'affection profonde qu'ils éprouvent l'un pour l'autre. Une amitié dépourvue d'ambiguïté, semblable à celle qui peut exister entre un frère et une sœur.

[147] *Où ils l'ont tirée* : où ils l'ont abattu.

samedi ? Ben, c'est juste au-dessus. Dans les gaïacs. Il avait plu et la route à cet endroit était glissante et tout plein de nids de poule. On était obligés de descendre les gosses pour pousser la voiture. Maman Christa[148], j'ai encore du mal à imaginer que tu es déjà partie de la maison.

— C'est vrai. Tiéta, c'est quand même une partie de ma vie. Les gosses ont grandi. C'est plutôt le papa des enfants qui a du mal à refaire sa vie à Bondé. Il est plus souvent à Nouméa. D'ailleurs, il a trouvé un petit job dans un garage à Ducos. Il change les roues des camions et des autocars.

— C'est vrai, on s'est vu une ou deux fois. Il m'a parlé de toi et des enfants. Sinon, ça va ?

— Merci, mon frère, ça va bien. Nous n'avons pas de soucis particuliers. La maman de la chefferie[149] vient toujours nous rendre visite. Mais ça va faire un temps qu'on ne la voit plus. Tcheguun m'avait dit hier, dans la matinée, que maman était malade.

— Oui, ma sœur, maman Christa, je t'appelais juste-ment pour ça. Le neveu est passé très tôt ce matin à la maison pour dire que la tantine est partie.

— Aouh… mon frère, je ne savais pas. Je suis vrai-ment désolée pour ça. C'est vrai que vous êtes familles, on a eu l'occasion d'échanger là-dessus.

---

148 *Maman Christa* : version abrégée de *Maman de Christa*. On n'appelle pas une mère par son prénom, mais par son statut. On fait souvent de même pour le père, la grand-mère, etc.

149 *La maman de la chefferie* : la femme du grand chef. Ouria ne sait pas encore qu'elle vient de décéder.

— Je t'appelais, ma sœur, pour te demander si on pouvait venir chez toi, demain tôt, parce que nous sommes les oncles maternels[150] de la vieille[151].

— En plus ! Mon frère, mais tu es chez toi ! Je dis au papa des enfants de vite monter une baraque avec la bâche. Ça tombe bien, il ne travaille pas et il est ici la semaine.

— Et tu habites loin de la chefferie ?

— Ce n'est pas loin de l'école. Tu sais, mon frère, je m'en veux énormément parce que Tcheguun ne m'a rien dit, et en plus, j'aurais pu quand même faire un tour chez elle pour lui rendre visite. Purée ! Je m'en veux… je m'en veux… ça n'est pas le sujet, mon frère. Arrivez, je vous attends.

— Merci beaucoup, ma sœur. À demain.

Après le coup de fil de Xafeiat, Ouria héla son mari qui attendait sa fille sous la véranda. Christa finissait ses devoirs avant de partir à la pêche avec son père.

— Qu'est-ce qui y'a encore ? réagit Yamel d'un ton agacé.

À la tribu, il n'avait jamais de temps pour lui. Il était sans cesse appelé pour un service ou un autre. Il se disait parfois qu'il ferait mieux de rester à Nouméa.

---

[150] *Nous sommes les oncles maternels* : Xafeiat veut dire qu'il appartient à la branche qui comporte un oncle maternel de la défunte. Comme nous l'avons vu dans le début de l'histoire, les trois fils de Hao Awaounde ont été désignés comme oncles maternels de Monique, la défunte. Xafeiat est lui-même le fils de l'un de ces trois hommes.

[151] *Vieille* : ce terme est une marque de respect.

Ouria lui rapporta l'échange qu'elle venait d'avoir avec Xafeiat. Yamel fut aussi peiné qu'elle. Affectivement, *Gué Maison bleue* était comme une grand-mère pour sa fille. La petite famille rassembla quelques vivres et prépara une coutume pour aller à la chefferie, puis il partit en laissant la maman et sa fille à leurs occupations.

Une fois parvenu à destination, Yamel gara sa camionnette dans la petite cour, sous un grand cocotier. C'est à cet endroit que sa tante allait être inhumée. Il se mit à chercher Tcheguun, l'aîné des garçons de la tante. Sous la véranda de la villa, les filles de la maison étaient en train de prendre le petit déjeuner. Josiane, la fille aînée de Tcheguun, lui dit que son père n'était pas encore revenu d'une course. D'un simple mouvement de sourcils, elle lui désigna l'endroit où se trouvait Tchabaé, le fils cadet de *Maison bleue*. Yamel franchit la haie d'hibiscus et trouva Tchabaé qui parlait au téléphone. Il attendit. Lorsque Tchabaé eut terminé son appel, il s'avança vers Yamel et la salua. Yamel lui remit la coutume de sa petite famille et Tchabaé le remercia avec beaucoup d'émotion. Ils se dirigèrent ensuite vers les autres hommes qui fermaient le garage. C'est à cet endroit qu'allaient être reçues les coutumes des autres familles et que les amis viendraient témoigner de leur sympathie.

Un homme s'approcha de Yamel pour lui demander de déplacer sa voiture. La pelleteuse de la commune était arrivée pour creuser la tombe.

Sitôt l'emplacement dégagé, la machine s'avança pour ouvrir la terre. Yamel regardait. Le bras de la pelleteuse remonta un plein godet de bonne terre. Sur la pelouse, de l'autre côté, où devraient se trouver les pieds de la défunte, se tenait Tchabaé. Yamel s'avança vers lui et lui murmura l'idée qui venait de lui traverser l'esprit.

— Chef, je voulais récupérer cette terre pour mes légumes.

Tchabaé répondit qu'il n'y voyait pas d'inconvénients puisque cette terre allait être poussée par la machine et étalée plus bas vers le champ de bananiers. Un camion allait arriver avec du sable pour niveler le fond du trou. Yamel se dit que prendre la terre de la tombe était une façon comme une autre de faire vivre le souvenir de la chère disparue. Lorsque sa famille récolterait ses légumes à la maison, elle penserait ainsi à leur tante. Il exprima son sentiment à Tchabaé, et ce dernier lui répondit que sa pensée était bonne.

Une fois que les hommes eurent jaugé précisément la profondeur du trou, la machine se retira à l'ombre du cocotier et deux hommes descendirent pour bien araser le fond et y mettre de la terre sèche pour éponger l'eau qui en remontait.

Dès que ce fut fini, les deux hommes remontèrent et disposèrent deux feuilles de tôles ondulées afin de couvrir la terre béante. Tchabaé fit alors signe au conducteur de la machine pour manœuvrer et charger la benne du pick-up de Yamel avec la terre qu'ils avaient extraite du trou. Mais, lorsque le conducteur tourna la clef de la machine, son moteur refusa de démarrer. Après plusieurs tentatives infructueuses, le conducteur de l'engin sauta à terre. Il tourna autour de sa pelle en poussant des « ouf » et finit par donner un coup de fil à un mécanicien. Celui-ci arriva sans tarder.

Midi sonna et, à la cuisine, les mamans appelèrent pour manger. La panne de la pelleteuse fut vite résolue : un fusible avait sauté. Lorsque la machine fut remise en marche, Yamel demanda à William, un collègue de son épouse, de l'aider à charrier la terre jusqu'à chez lui. Un demi-godet suffirait pour remplir sa benne. Ils firent quatre voyages pour aller chez Ouria, derrière la vieille école. William fut très heureux de recevoir une partie de la terre qui provenait de la tombe de la tante pour cultiver ses légumes.

À Camadhoup, le soir venu, tous les clans alliés étaient présents. Certains de ceux qui étaient là n'iraient pas au deuil. D'autres, qui n'étaient pas disponibles le soir même, avaient appelé pour dire qu'ils se verraient le lendemain sur la route, avant d'arriver à *Maison bleue*.

Le clan allait assurer la cérémonie de deuil à Bondé, dans la commune de Ouégoa. Ils y enterreraient les os de leur tante comme le voulait la coutume. La famille de la tante qui résidait à Ouégoa allait travailler pour le clan de leur oncle maternel. La mort est la séparation du corps et de l'esprit. Le premier retourne à la terre et la nourrit, tandis que l'esprit rejoint les ancêtres. Et c'est aux oncles maternels d'assurer le transport. Ils ont la responsabilité de fermer le cercueil, et c'est à eux que revient la charge du transport jusqu'au cimetière, tout comme le devoir de couvrir de terre leur neveu ou nièce.

Le lendemain matin, lorsque la famille venue de Tiéta arriva à la vieille école où habitaient Ouria et Yamel, ce dernier était déjà parti à *Maison bleue*. Ouria prit donc le qëmek[152] à sa place et envoya Christa chercher son père. Toute la famille était à présent descendue des voitures et tous attendirent en silence. Quand Yamel arriva, Ouria lui présenta l'offrande de son oncle utérin. Yamel prononça des paroles de remerciement tandis qu'Ouria et Christa s'affairaient à mettre le couvert pour le petit déjeuner.

— Ça va, vous avez le temps ! Vous pouvez vous réchauffer en prenant un petit quelque chose, un thé ou un café. La table, c'est pour toi, mon frère, déclara Ouria dans un grand élan de joie.

Elle était heureuse de retrouver Xafeiat chez qui elle avait habité trois ans, lorsqu'elle était enseignante à l'école primaire de la tribu. Lorsque tout le monde fut installé et servi, elle appela son mari pour aller dans la chambre. Quand ils reparurent, Yamel tenait dans la main des tissus, des nattes et des billets de banque. Les gens attablés firent silence et Yamel prit la parole en montrant les deux coutumes qu'il venait de poser sur la table.

— La première, c'est pour répondre au geste d'entrée de tout à l'heure, et l'autre c'est pour vous accompagner pour le deuil de la tantine. Olé.

Xafeiat donna la parole au vieux Bwagio pour remercier le geste et donner la bénédiction. Ce qu'il fit.

---

[152] *Qëmek* : offrande coutumière que l'on fait lorsque l'on arrive dans une maison.

Et tous se mirent à nouveau à prendre le petit déjeuner offert par la famille.

Peu après, le portable de Xafeiat vibra.

— Kalou[153], est-ce que vous pouvez arriver pour onze heures ?

C'était Tcheguun.

— Écoute, tu aurais pu bien me dire ça hier, on ne se serait pas levé si tôt. Et on n'est pas tout seuls en plus, y a d'autres personnes qui ne sont pas du clan avec nous…

Xafeiat faisait semblant d'être contrarié pour mettre la pression sur son neveu. Mais ce dernier qui savait très bien qu'il pouvait repousser l'enterrement jusqu'au soir sans que son oncle maternel ne puisse rien y faire. Par ailleurs, Xafeiat s'était bien gardé de dire qu'il attendait encore d'autres membres du clan qui devaient les rejoindre avant le début de la cérémonie. Tout cela n'était qu'un jeu.

— Ça va, nous avons le temps de bien prendre le petit déjeuner, dit-il à la tablée après avoir raccroché. La famille de Poya ne va pas tarder à arriver, elle aussi.

La plupart des hommes continuèrent d'échanger autour du petit déjeuner pendant que les femmes allaient se promener autour de la maison. Comme toujours, elles s'intéressaient aux fleurs. Cela tombait bien, Ouria en faisait la collection, c'était l'une de ses passions. Les mamans se livrèrent donc à une longue promenade à travers les allées odorantes pendant que les

---

[153] *Kalou* : terme qui désigne le lien de cousinage dans la région Hootmawhaap.

papas se morfondaient à table en regardant l'heure et en se perdant dans les discussions autour du serpent de Tiéta. Vers huit heures et demie, le téléphone de Xafeiat vibra à nouveau. La famille de Poya arrivait au col, juste avant la descente qui aboutit à Bondé. Xafeiat les rassura en leur disant que l'enterrement était repoussé à onze heures.

— Tu vas voir qu'on va enterrer tantine dans l'après-midi, dit l'un de ses cousins.

Avant que la famille de Poya arrive, Yamel fit signe à Xafeiat de le suivre. Les deux hommes entrèrent dans le salon de la villa attenante. Xafeiat fut surpris de trouver sur la table une énorme quantité de monnaies kanak. Des frissons le secouèrent. Son regard faisait des allers-retours entre la table où étaient posés les objets, et le visage inquiet de Yamel. Ils se tinrent d'abord silencieux avant que Yamel lui propose de prendre tous les objets.

— Xafeiat, nous sommes des gens des îles et nous n'utilisons pas ces monnaies, nous ne connaissons aucunement leur valeur. Nous n'en avons pas chez nous. Tout ce que tu vois sur cette table est ce que nous avons reçu des retours de coutumes. Ouria et moi désirons tant les utiliser dans nos échanges coutumiers, mais nous avons peur de ne pas respecter la déontologie. Qu'est-ce que nous en savons ? Ma petite en sait plus que moi. Ben, oui, ils ont étudié ça à l'école. « La monnaie kanak est à l'image de l'homme et représente l'ancêtre et le clan. Elle joue toujours un rôle majeur dans les échanges coutumiers de la Grande Terre. N'ayant pas de valeur monétaire réelle, sa longueur, sa couleur (blanche, rousse ou noire) ou sa composition donnent une valeur correspondante à l'importance de la parole et à l'alliance créée. », m'a-t-elle dit. Elle parle comme un livre. Moi, ces monnaies m'impressionnent. Quand je passe devant le buffet vitré où je les ai entre-posés, j'ai l'impression de voir des serpents noirs et blancs enroulés les uns sur les autres. Ça me fait peur. Ces monnaies exercent un poids sur moi. J'ai peur. J'ai peur. De quoi, je ne sais pas. Ouria a peur, elle aussi. Christa nous demande pourquoi. Et tu sais, c'est elle qui nous explique. La couleur, la composition, la valeur. Tout vient de la bouche d'un enfant. Ouria et moi, on voudrait beaucoup que tu les prennes. Ce n'est pas un cadeau que nous offrons. C'est un legs. Un retour de patrimoine. Nous estimons que c'est notre devoir de te les donner pour que tu les remettes dans le circuit des échanges. Nous n'avons pas osé les poser dans les coutumes que nous vous avons remises. J'ai pensé qu'il était plus judicieux de t'appeler discrètement pour te les remettre. La monnaie kanak n'existe pas aux îles. Je connais pour Drehu. Il y avait autrefois les *drela, hamu, sio, peo, hadrë*[154] et peut-être d'autres encore. Mais nous ignorons la valeur de chacune d'elles, elles ne nous sont pas parvenues.

Xafeiat ne répondit rien. Il écoutait attentivement son interlocuteur.

— Ouria a un frère, plus jeune qu'elle, reprit Yamel. Il s'est suicidé à Nouville en se jetant des falaises. Nous avons tenté de comprendre son geste. Un beau-frère du

---

[154]   Monnaies kanak de Drehu.

clan m'a dit en aparté qu'il l'a vu mal tenir et mal enrouler les monnaies kanak, lors des échanges coutumiers entre les Îles et la Grande Terre[155]. Il les tenait comme des objets ordinaires. C'était quand nous sommes allés à Hienghène, dans la vallée de la Tipindje. Et là-bas, ces choses-là sont très importantes. C'est commettre un sacrilège que de se comporter de la sorte avec la monnaie, surtout qu'il y a une dame par là-bas qui fait aussi de la monnaie kanak. Quand nous nous sommes posé des questions au sujet du suicidé, notre beau-frère m'a rebattu les oreilles de ce qu'il avait vu ! Lui-même n'était pas content. Il disait que les vieux de là-haut en étaient très choqués. Mais entre nous, les frères, personne ne soupçonnait la gravité du geste. On ne se posait même pas de question sur la monnaie kanak, alors que c'était un affront qu'on avait fait aux gens de la Grande Terre.

Le téléphone de Xafeiat vibra et coupa court à la discussion, ou plutôt au monologue. Yamel resta sur sa faim. C'était la famille de Poya qui arrivait. Les deux hommes sortirent. Yamel partit rejoindre la famille à la chefferie, et Xafeiat la famille de Poya, pour la mise en commun de leur coutume.

Lorsque la cérémonie eut enfin lieu, Tcheguun exposa les volontés de la défunte.

— Xafeiat, tu es arrivé pour enterrer les os de maman. Elle m'a dit ceci : « Ne me mets pas ensemble avec ton père. Ça va. Il est bien avec tous les gens à la maison

---

[155]   *Grande Terre* : île principale de l'archipel de Nouvelle-Calédonie.

commune[156] de la tribu. Mets-moi plutôt dans la petite vallée, vers la vieille école. Ensemble, avec la Blanche qui est venue dormir chez nous. Loin de chez elle. Elle est toute seule. C'est elle qui s'est occupée de l'école à ses débuts. Elle venait tout le temps à la maison pour partager notre quotidien. Elle parlait de chez elle. Loin là-bas où je ne sais pas. À sa mort, on ne savait pas quoi faire. C'est le vieux qui a dit de la mettre là, toute seule. Mais moi, ça me fait quelque chose. Je vais rester là avec elle. » Ce sont des paroles de la grand-mère des enfants et, pour finir, elle a dit qu'après la barrière[157], tu viendras, toi en personne, pour construire sa tombe. Il n'y a pas de tombe à construire, à vrai dire. Elle veut seulement qu'à l'endroit, tu déposes deux grosses pierres. Une pierre sur sa tombe et une autre sur la tombe de l'autre dame. Les pierres sont là-bas, sous les bois noirs, au bout du terrain de football. À chaque lever et coucher de soleil, il y a une famille de hérons qui vient se poser dessus. Cette famille de héron, c'est elle et la Blanche qui en ont élevé la maman. Elle a atterri comme ça à la maison après un cyclone. Elle disait que l'esprit voyage comme ces oiseaux. Pour la peinture, Maman veut que ce soit du blanc. C'est ce que ta tante a dit. Voilà le geste qui accompagne les paroles. Olé[158].

---

[156] *Maison commune*: une autre façon d'évoquer le cimetière, «la maison à nous tous… la dernière».

[157] Une coutume selon laquelle la famille de l'oncle maternel délimite la tombe du défunt avec des pierres ou des pieux.

[158] *Olé*: forme abrégée de *oléti* (en drehu) qui veut dire «merci». *Olé* se dit également en langue paicî. Cette formule conclut habituellement tous les discours.

L'assemblée reprit «olé» pour approuver le discours. Xafeiat se détacha du groupe et alla prendre le geste. Cela signifiait qu'il acceptait la parole de sa tante et qu'il viendrait accomplir ses vœux. Après un lourd silence, un vieux du clan de la chefferie sortit des rangs et donna une autre parole et un autre geste; cela faisait office d'autorisation, pour le clan de Xafeiat, à rentrer pour fermer le cercueil. Les femmes passèrent alors devant les hommes et les pleurs envahirent la cour et toute la maison où se trouvait la défunte. Les hommes entrèrent à leur tour et se tinrent en silence autour de la dépouille de leur tante. Au bout d'un moment, ils prièrent les femmes de s'éloigner de la bière et ils firent disparaître le visage de leur tante de la surface de la Terre en scellant le couvercle. Leur geste fit aussitôt s'élever la voix des femmes qui assistaient à la mise en bière. Les gens sortirent alors un à un de la petite pièce qui servait de chambre funéraire. Dehors, sous un chapiteau qui faisait office de chapelle, le pasteur attendait, entouré de tous ceux qui étaient venus pour la circonstance. Les regards se fuyaient. On entendait seulement la voix du pasteur déclamant son oraison funèbre. À la fin, il fit signe à Xafeiat de poursuivre le travail. Xafeiat se leva et les hommes de son clan le suivirent. Ils portèrent le cercueil et les fleurs vers la camionnette du vieux Bwagio, et ils partirent en procession vers la petite vallée, comme indiqué par Tcheguun, le fils aîné de la tante. La foule les suivit telle une scolopendre aux mille couleurs.

Le lendemain après l'enterrement, Ouria appela Xafeiat pour lui dire que son mari n'était pas bien.

— Mon frère, tu aurais dû prendre les monnaies kanak.

— Pourquoi, ma sœur ?

— Eh ben, parce qu'elles nous portent malheur. Nous n'allons tout de même pas les amasser sans savoir ce que nous allons en faire ! Elles sont là, entreposées dans le buffet, comme une collection dans un musée. Une, deux, ça va. Mais t'as vu le sac ? En plus, Yamel et moi ne voulons pas les utiliser n'importe comment. On ne joue pas avec ces choses des vieux. Ce sont des esprits qui sont dedans.

— Tu voulais donc me refiler tes esprits ?

— Non, non, mon frère. Arrête de parler comment ça.

— Je te comprends. Mais hier, Yamel et moi avons été coupés par le coup de fil de la famille de Poya qui arrivait. Quoi qu'il en soit, je ne les aurais pas prises. Je t'explique : quand on va dans une coutume de deuil et que nous sommes du côté des oncles maternels, on ne doit pas emmener beaucoup de coutumes en argent et autre, de peur que la famille du défunt travaille plus pour nous retourner le double ou bien le triple de ce que nous avons apporté. Et j'ai vu dans le petit sac que m'a présenté le papa de Christa des pièces qui ont beaucoup de valeur. Et, personnellement, je me demande comment vous avez fait pour avoir toutes ces monnaies kanak. Chez nous, il n'y a que certaines personnes âgées qui ont ça. Ou, bien sûr, le faiseur de monnaies lui-même. Il en connaît la lecture et surtout l'usage.

Certaines personnes arrivent même à mélanger les couleurs et les longueurs des pièces. Cela change la valeur de la monnaie, en l'augmentant ou en la dévaluant.

— Mais vous faites ça, chez vous, en Calédonie ? Xafeiat, tu me fais peur.

— Et pourquoi on ne le ferait pas ? Y a bien des gens chez les Blancs qui brûlent les billets de banque !

— Ce n'est pas pareil, leurs pièces n'ont pas d'âme.

— Il faut surtout veiller à ce que notre monnaie ne vienne pas des boutiques chinoises.

— Je n'y avais jamais pensé. Mon frère, tu me soulages. Je vais en reparler avec Yamel. Tu sais, il me parle de serpents, de crabes et de coquillages.

— Dis-lui d'arrêter de faire le collier blanc.

— Comment ça ?

— Les vieux disent que le collier blanc s'envole en faisant beaucoup de bruit parce qu'il ne sait pas que le bruit provient de ses ailes. Alors, plus il a peur, plus il fait du bruit.

— Il s'est fait peur lui-même, tu veux dire ?

— Oui. Et il a raison de se faire peur lui-même, tu sais ma sœur ?

— Ah bon ! mais tu viens de dire que la monnaie...

— J'ai oublié de lui faire la remarque hier, quand il m'a dit qu'il les rangeait dans une vitrine d'exposition. Ce n'est pas comme ça qu'il faut la conserver. Elle ne doit pas être exposée. Ça explique peut-être sa fatigue d'aujourd'hui, mais je me pose une autre question :

est-ce qu'il a pris quelque chose de *Maison bleue* avant que la coutume soit donnée aux oncles ?

— De la terre provenant de la tombe de *Maison bleue,* oui. Mais il avait demandé à Tchabaé.

— D'accord. Va à *Maison bleue* et donne une coutume à Tcheguun. Tu lui dis tout ce que tu as fait de la terre et de tes intentions, et surtout, n'oublie pas de lui demander de faire retourner la tête du serpent vers chez lui. Ne pose pas de question, fais seulement ce que je te dis. Pour la monnaie kanak, on verra une prochaine fois.

Il y eut un silence de plomb. Ouria raccrocha le téléphone et alla voir Yamel dans la chambre.

Dans les jours qui suivirent l'enterrement de la reine de Bondé[159], Yamel fut très occupé par le travail des retours de coutume, après celle rendue aux oncles utérins. Il trouva enfin un moment avec son épouse pour revoir Tcheguun. Ils le rencontrèrent devant la villa de la chefferie, en dessous du grand banian. Yamel tenait surtout à rappeler qu'il avait pris de la terre issue de la tombe, mais que la tête du serpent devait être retournée vers la chefferie. Cette question l'avait beaucoup occupé au cours des nuits précédentes, l'empêchant de trouver le sommeil.

Tcheguun comprit aussitôt de quoi il retournait. Il répondit en souriant qu'il acceptait la parole. Après quoi, il alla dans la baraque où les hommes du clan avaient entreposé les gestes coutumiers. Il y prit un

---

[159] *Reine de Bondé* : épouse du grand chef de Bondé.

tabac-bâton[160], alla sous le grand banian, souleva une pierre et le déposa en dessous[161]. Se tenant bien droit, il prononça alors quelques paroles[162]. Après quoi il rejoignit les autres hommes.

Yamel et son épouse avaient oublié de préciser qu'une partie de la terre avait été étalée juste au-dessus de la chefferie, sur un tertre qui dominait la maison d'Ouria, parce qu'elle voulait aussi jardiner avec cette bonne terre, à cet endroit, et non pas sur les terrains que la tribu avait cédés à l'école. Le terrain était situé sous un bois noir que le chef avait un jour demandé à son fils de planter à la place du grand banian pluri-centenaire qui l'avait occupé jusque-là. Autrefois, quand les évangélistes étaient arrivés dans la tribu, c'était sous ce banian

---

[160] *Tabac-bâton* : bloc de résine de tabac que l'on coupait en petits morceaux pour pouvoir le fumer.

[161] Le tabac est souvent utilisé comme offrande pour les esprits que l'on veut apaiser, pour demander leur aide, ou pour repousser les mauvais esprits. Ici, l'offrande est adressée au serpent, ancêtre et totem du clan de Tcheguun. Ce genre de geste est fréquent dans les pratiques kanak. Par exemple, avant de se baigner dans la rivière, dans la mer, ou même dans un cours d'eau, dans la nuit, on ne plonge pas sans précautions. Après être arrivé, on attend. Puis on jette une pierre dans l'eau et on attend encore. On ne se baigne qu'après. Car les esprits sont dans l'eau avant le baigneur. Le jet de pierre signale l'intention du baigneur et apaise les esprits. Ils choisiront alors de s'en aller ou d'accompagner paisiblement le baigneur. Sans cette précaution, ils pourraient se fâcher et lui jouer des tours pouvant conduire jusqu'à la noyade.

[162] Des paroles adressées à son totem pour lui demander de protéger et d'épargner Yamel.

que les chefferies du Nord les avaient reçus. Depuis, l'endroit était devenu sacré. Les vieux avaient l'habitude d'y déposer les tapas avec lesquels ils enveloppaient les ossements de leurs aïeux. Cet endroit était aussi le lieu où habitait le serpent, l'ancêtre totémique du clan.

Quand les canicules devenaient vraiment insupportables, Ouria allait étaler sa natte à l'ombre du bois noir et dormait jusqu'à la tombée de la nuit. Les enfants, quand la maman ne répondait pas à leurs appels, savaient où la trouver.

Ouria obtint d'excellentes récoltes de sa parcelle. Les tomates qu'elle ramassait étaient toujours très grosses. Les choux et les salades étaient énormes. N'étant pas de nature parcimonieuse, elle les partageait volontiers avec les familles autour de la tribu et surtout avec celle de la chefferie. Le reste était envoyé par les bus de la ligne régulière vers son mari parti à la capitale. Une de ses belles-sœurs ironisa un jour en disant qu'Ouria avait changé de métier et qu'elle avait troqué sa craie et ses crayons contre un coutelas et un arrosoir. Chez elle, on pouvait trouver des fleurs et toutes sortes de plantes. Et, les fins de semaine, quand elle ne rejoignait pas son mari dans la capitale, des amies venaient passer des journées à la maison afin de se faire enseigner un peu de son savoir-faire.

Par un après-midi de forte chaleur, la tante de *Maison bleue* vint rencontrer Ouria sous le bois noir. Elle montait de la rivière par l'allée de cordylines, le chemin qui menait directement de la chefferie. Elle lui dit de ne plus dormir sous l'arbre parce que quelque chose de grave pouvait lui arriver. Ouria se réveilla d'un seul coup et fronça les sourcils au souvenir de ce rêve étrange. Des frissons lui parcoururent le corps et la voix insistante de sa fille Christa lui parvint.

— Maman, ça fait un moment que je t'appelle, il y a Mamie Pwea qui t'attend. C'est pour récupérer ses cordylines que tu as promis.

— J'arrive, lui cria-t-elle.

Ouria crut voir un lien entre son rêve et la venue de Pwea, une des filles de la chefferie. Elle descendit à sa rencontre avec sa natte sous le bras. Pwea lui remit des crevettes et une grosse anguille qu'elle est allée pêcher avec sa grande fille au fin fond du Diahot. En échange, Ouria lui donna les fleurs et les tomates qu'elle venait de cueillir dans son jardin. Les deux femmes conversèrent jusqu'au soir, et Ouria finit par retenir sa cousine à dîner.

Quelques jours après la visite de la reine de Bondé, Ouria avait oublié ses conseils. Elle continua d'aller passer ses après-midi sous son bois noir de prédilection. Elle se sentait bien à cet endroit et ses récoltes devenaient de plus en plus extraordinaires. Toute la tribu en parlait et sa famille jouissait désormais d'une bonne réputation.

Quelques mois plus tard, Xafeiat apprit qu'Ouria avait été évacuée sur Nouméa, victime d'une curieuse maladie. Cela avait commencé par un cycle inattendu. Elle avait appelé Pwea pour lui dire qu'à l'un de ses retours à la maison, elle n'avait pas trouvé le sommeil et avait perdu beaucoup de sang. C'était d'autant plus étonnant que cela lui était arrivé à un moment où ses règles ne devaient pas se produire. Elle mit l'incident sur le compte de son travail à l'école. Les enfants devenaient trop turbulents et cela l'affectait. Plus tard, sa grande fille Christa l'avait trouvée accroupie sur la natte de la cuisine, drapée d'une serviette ensanglantée. Christa avait appelé Pwea qui avait prévenu le dispensaire de Ouégoa. Ouria fut envoyée d'urgence à Nouméa par hélicoptère. La famille ne voulut pas ébruiter la nouvelle, craignant que les gens de la tribu l'accusent d'avoir nourri leur serpent du foie d'Ouria, ou encore, plus simplement de lui avoir jeté un sort.

Il était environ vingt heures, une nuit en pleine semaine, lorsque Xafeiat, son épouse et sa belle-sœur sortirent d'une visite de courtoisie à une famille à l'hôpital. Éléonore annonça alors la nouvelle à l'oreille de son époux.

— Xafeiat, Ouria est partie.

— C'était le coup de fil que tu as reçu dans les escaliers ? lui demanda-t-il.

Elle approuva d'un mouvement de sourcil et ils se tinrent tous deux silencieux.

Xafeiat se souvint de la façon dont il avait fait la connaissance d'Ouria. C'étaient Kovat et Tchelea, un couple de la lignée des utérins, qui étaient venus à la maison pour lui imposer sa présence. Elle allait partager leur quotidien, le temps qu'elle trouve un logement à la tribu ou au village de Voh. Xafeiat ne se rappelait plus de l'année, mais ce passé était encore vif dans son âme et une douleur intense lui serra le cœur. Alors que le froid de la mort venait de figer Ouria et son rire pour l'éternité, le temps cessa aussi de s'écouler pour Xafeiat. Sous un flamboyant, dans le parking de l'hôpital, il se mit à l'écart de son épouse et de sa belle-sœur Rolande pour laisser libre cours à sa tristesse. Et quelle tristesse ! Il fixa l'asphalte, partagé entre l'idée de repartir à Tiéta et celle de rester à Nouméa. Ce qu'il désirait vraiment, c'était monter à la morgue pour voir ce corps sans vie probablement conservé dans une chambre froide.

Il garda le silence jusqu'à ce que Rolande les quitte. Puis il monta dans le minibus qu'il avait parfois prêté à Ouria, tourna la clef et prit la route.

Après un court passage à la station pour faire le plein de carburant et chez les marchands ambulants de la baie de la Moselle, Éléonore et lui mirent le cap vers le Nord. Ils demeurèrent silencieux durant tout le voyage, n'évoquant même pas la santé de Kary qu'ils étaient allés visiter à l'hôpital. Chacun s'empiffra de son sandwich et de sa boisson, et lorsque Éléonore cessa de faire du bruit avec l'emballage de son casse-croûte, elle ne tarda pas à se laisser emporter par le ronronnement du moteur de la voiture.

Peu après, Xafeiat l'entendit ronfler. Elle avait posé ses pieds sur le tableau de bord et s'était allongée de tout son long sur la banquette. Par moment, pris de tendresse, Xafeiat passait sa main sur son corps avant de la lui glisser dans les cheveux. Ouria était, elle aussi, allongée, en ce même moment, sur un siège autrement plus froid et pour une autre destinée. Pour elle, le Grand-Voyage avait déjà commencé.

L'esprit de Xafeiat vogua vers une autre femme : Pwea, de la chefferie de Bondé. Il fut très étonné de recevoir un texto de sa part, alors qu'ils approchaient de Bourail. Xafeiat l'appela. Elle pleurait tant qu'elle ne parvenait pas à articuler un seul mot. Entre deux sanglots, elle parvint tout de même à lui dire qu'Ouria était morte. L'échange fut très court. Il n'eut même pas l'occasion de lui dire qu'il était déjà au courant.

Le lendemain midi, juste avant le repas, le portable sonna et la photo d'Ouria s'afficha à l'écran. Xafeiat décrocha. Il n'entendit que des pleurs. Il raccrocha et rappela quelques instants après. À l'autre bout, Tchelea était encore en pleurs. Elle avait pris le téléphone d'Ouria pour l'appeler. Xafeiat ne put trouver les mots pour la réconforter. À peine parvenait-il à se maintenir assis sur sa chaise. Il tenta vainement de remettre ses idées en place et garda le silence devant ses enfants qui venaient de sortir de l'école. Leurs yeux étonnés allaient du visage de Xafeiat au téléphone qu'il avait mis sur haut-parleur. Personne ne parlait, et seuls les pleurs de Tchelea résonnaient dans la pièce. Alors que de lourds nuages couvraient les montagnes de Tiéta, Xafeiat évoquait le souvenir du visage d'Ouria, effrayé à l'idée qu'il disparaîtrait bientôt dans les tiroirs de l'oubli, comme ceux de beaucoup d'autres êtres qu'il avait aimés. Il appréhendait l'instant où son corps descendrait dans la fosse. « Mes genoux seront-ils assez forts pour me garder debout ? Aurai-je assez de force pour fixer Christa dans les yeux ? Et son mari ? »

Le lendemain, lorsque le minibus franchit le pont de la tribu, l'eau ne sortait pas de son lit. Le couple reprenait la route en sens inverse de la veille, son épouse encore affalée sur le siège du mort. Ils allaient au deuil d'Ouria, sur la même route zigzagante de la chaîne où les jeunes avaient déroulé le python. Le regard de Xafeiat s'envola vers les sommets des montagnes et suivit la course désordonnée des nuages. Il y distingua soudain le visage d'Ouria, dans toute la splendeur de l'aurore.

Paroles d'outre-tombe

*E*n revenant de Voh, vers le pont-rail, l'attention du vieux Saifetra fut attirée par une forme allongée sur le bord de la route, au moment même où son épouse Damahot s'écriait :

— Noisette ! Aouh ! Quelqu'un a écrasé notre chat !

Saifetra fit ralentir la voiture. La mère des deux chatons de Camadhoup, la *Colline aux oiseaux*, était bien là, étalée sur le côté de la chaussée, comme si elle dormait. Saifetra roula au pas jusqu'à la maison. Tout comme Damahot, il resta silencieux. Ils étaient tous les deux peinés et cherchaient comment annoncer la macabre découverte à leur petite-fille Hnyela. Quand le moteur fut coupé, Kiki, leur petit-fils, colla son nez contre la vitre de la portière arrière. C'était son habitude. Il espérait toujours que ses grands-parents lui ramèneraient quelques cadeaux, en même temps que les courses pour la maison. Cette fois, il n'y avait malheureusement qu'une mauvaise nouvelle. Saifetra lui assura qu'il n'y avait rien pour lui et lui demanda d'aller chercher Hnyela. Traînant les pieds pour exprimer sa déception, le petit alla jusqu'à la cuisine[163] et appela sa sœur. Puis il s'en alla bouder vers les fleurs au fond du jardin. De là-bas, il entendit Damahot annoncer le drame, et Hnyela qui lui demandait des précisions à propos de l'endroit exact où reposait la dépouille. Hnyela partit aussitôt en courant tandis que son grand-père lui criait d'emporter une poche pour y placer l'animal. Trop tard. Elle était déjà sur la route.

Le vieil homme alla sous l'abri où il rangeait ses outils de jardinage. Il y prit une barre à mine et une pelle, puis repartit vers le fond du jardin pour choisir un carré où enterrer la chatte. Tandis qu'il commençait à arracher les touffes d'herbe, la voix de sa petite-fille lui parvint. Elle demandait à sa grand-mère où se trouvait Saifetra. L'aïeul lui cria de venir le rejoindre dans les fleurs. Lorsqu'elle fut là, le vieil homme adopta un air détaché, comme s'ils allaient creuser un trou ordinaire pour y planter un arbre ou une fleur quelconque de leur maman. Une tâche qui leur est très familière. Saifetra lui demanda même quel arbre ils planteraient dans la partie supérieure du trou, une fois qu'ils auraient mis la terre sur la dépouille. Il ajouta que l'endroit serait bon pour un litchi avant d'enclencher sur une autre histoire, afin que sa petite-fille détache ses yeux de la fourrure de Noisette qu'elle ne cessait de caresser. Hnyela avait enveloppé la chatte dans une vieille robe de Damahot qui leur servait d'essuie-pieds devant la case. Immobile sous le manguier, elle la tenait

---

[163] Dans l'habitat traditionnel kanak, et notamment dans les Îles, la cuisine est une baraque en tôle, ouverte ou semi-ouverte, isolée de la maison principale et de la case.

emmitouflée à la façon dont on porte un bébé. Le vieux lui demanda de poser son fardeau sur l'herbe en attendant qu'il finisse de creuser le trou, et de donner un coup de main à Hatren, un neveu adolescent qui les avait rejoints et qui débroussaillait à l'aide d'une petite faucille. Elle ne bougea pas. Quand Saifetra jaugea le trou assez profond pour contenir l'amour de sa petite-fille, il lui proposa de l'y déposer elle-même. Il dit cela d'un ton calme tout en coupant une marcotte de litchi arrivée à terme. Voyant du coin de l'œil qu'elle ne bougeait toujours pas, il la pressa un peu, au prétexte qu'ils n'allaient pas tarder à passer à table. Puis, comme elle demeurait toujours immobile, il la rejoignit au bord du trou, sa branche de marcotte à la main.

— Je n'y arrive pas, lui dit-elle.

Il lui demanda encore une fois de poser la dépouille sur l'herbe. Il l'enterrerait plus tard, lorsqu'il aurait fini d'élaguer les branches du plant de litchi. Puis il se lança dans une longue explication sur le marcottage et sur le cycle de la lune à Hatren. Épiant toujours Hnyela du coin de l'œil, il parlait d'une voix forte, espérant détourner son attention de son animal fétiche. Rien n'y faisait. Les larmes de l'enfant coulaient en cascade sur les joues. Elle ne prenait même plus la peine de les essuyer. Grand-mère Damahot, à quelques pas du petit cimetière, arrosait ses fleurs sans la quitter des yeux.

Avant d'accomplir l'ultime tâche, Saifetra se redressa pour parler à Hnyela :

— Souviens-toi de ce que je vous ai raconté à table, il y a deux jours.

Elle tiqua, puis releva un pan de son tee-shirt pour s'essuyer le visage.

— Ah oui, Pépé. Noisette meurt comme Jésus, pour nous sauver la vie? lança-t-elle d'une voix ferme, comme si elle n'avait pas pleuré.

Son visage retrouva soudain la gaieté des bons jours. Victoire! Le vieil homme était un peu troublé que sa petite-fille compare le sujet de leur foi à un animal. Mais qu'importe! si cela lui faisait oublier sa peine. Elle s'avançait pour mettre Noisette dans le trou, lorsque le jeune Hatren l'interrompit. Il voulait connaître ce récit que le vieil homme avait déroulé à table, deux jours plus tôt. Il n'était pas avec eux ce matin-là. Il ne s'était pas levé tôt, il venait d'arriver de la capitale.

— Non, Pépé, intervint Hnyela, c'est moi qui raconte. Hatren, tu sais pourquoi on doit toujours aimer les bêtes ? Ben, c'est comme nous, à la maison. Pépé a dit que les chiens nous gardent pendant notre sommeil. Pendant que nous, on dort, ils veillent. Des fois, on les entend aboyer dans le noir, mais on ne sait pas pourquoi. Ici à Camadhoup, nous ne sommes pas les seuls habitants de l'endroit. Il y a aussi les morts qui hantent notre maison. Ce sont les bons esprits, mais il y a aussi les autres. Ceux qui nous veulent du mal. Ce sont les plus dangereux. Ils ont alors affaire aux chiens et aux chats, lorsqu'ils viennent pendant notre sommeil. C'est là que nos bêtes leur livrent bataille pour que nous ne soyons pas réveillés et que nous soyons toujours en forme pour aller à l'école le lendemain.

Tout en parlant, la petite fille avait empoigné son chat et l'avait posé au fond du trou. Elle avait même commencé à mettre de la terre dessus. Elle ne s'interrompit que lorsque son grand-père lui fit remarquer qu'il fallait laisser la partie supérieure libre, pour y planter le plant de litchi marcotté. Hnyela éclata alors d'un rire clair. Grand-mère Damahot reprit son activité d'arrosage et ne se soucia plus des deuilleurs qui avaient changé de statut. Les histoires du grand-père avaient fini par donner une autre couleur au temps qui s'écoulait. Seul le jeune Hatren était encore figé. Plongé dans ses réflexions, il avait cessé de faucher la mauvaise herbe pour agrandir le petit cimetière.

— Il faut aimer tous les animaux, et surtout les chiens, dit Saifetra.

Comprenant que le vieil homme allait se lancer dans l'une de ses histoires, Hatren posa ses outils et vint s'asseoir sur la robe qui avait servi de linceul à Noisette. Hnyela s'était mise à piquer des fleurs d'azalées et des branches de cordyline autour de la tombe. Elle n'en était pas moins attentive à ce que son grand-père disait. Il s'apprêtait à dérouler une histoire qu'il partageait avec de nombreux auditoires, le plus souvent adultes.

— On a raison de dire que le chien est le meilleur ami de l'homme. Quand nous dormons, nous nous abandonnons. Nous déléguons la charge de notre garde à quelqu'un d'autre. On ne le dit pas, mais le chien le sent. Il prend le relais. Il veille sans qu'on ait eu à donner les consignes. C'est une habitude. On n'en parle pas, même pas à autre humain. J'ai vu dans mon enfance un homme de la tribu qui possédait une bonne meute. Il était toujours accompagné de ses chiens. Il les chérissait et les nourrissait. Pas comme ici, avec des boîtes de conserve et les restes de nos repas. Non, il leur faisait la grande cuisine. Une bonne cuisine que nous-mêmes avions envie de manger. Manon, c'était le nom de cet homme. Il leur parlait. Les bêtes le comprenaient. Il fallait les voir ! Une fois, pendant les fêtes de fin d'année, Djavu, le papa de Manon, est venu à Eika[164] pour calmer les chiens très excités et qui paraissaient très menaçants. Manon était en guerre. Il avait eu un différend avec des cousins de la tribu. Ils s'étaient battus et les chiens avaient sauté sur les jeunes contre qui il se battait. Heureusement, encore, dans la tribu, ce n'était pas des chiens comme on en voit à la télé. Oh ! Ils étaient plus petits. Quand même, ils avaient des mâchoires suffisantes pour arracher les mollets. Fallait voir ! quand le vieux Djavu est arrivé, les chiens et leur maître étaient comme des petits soldats au garde-à-vous. Ils avaient tous peur du vieux. Des gosses surpris en train de faire des bêtises. Le sifflet du vieil homme a fait revenir tout le monde en file indienne jusqu'à la maison. On n'a plus vu Manon pendant plusieurs semaines. La maman amenait seulement ses cochons sauvages et ses cerfs au marché du village. Il gagnait toujours sa vie de la sorte. Normal. Trois à quatre cochons et cerfs par semaine. Un vieux Caldoche du village, avec sa Peugeot 404, une des premières voitures de la région, amenait aussi ses prises au grand marché de Koné et de Pouembout, le samedi. Les parents payaient tout avec ce que la maman

---

[164]   Presbytère.

ramenait une fois la marchandise écoulée. Et, les sous arrivaient tout droit comme ça. J'aimais bien revenir sur ces détails de la vie de la tribu. Vous savez, quand ceux de la tribu qui vivaient à Nouméa arrivaient, ils s'affichaient haut avec leurs fringues. Ils sentaient fort le parfum, mais ici, les gens savaient que leur parfum n'était pas de qualité. Ils reconnaissaient vite les senteurs d'eau de Cologne. Manon faisait venir du parfum de grandes marques. C'était l'institutrice qui passait la commande dans une grande maison. Les mercredis après-midi, son mari venait chercher Manon chez lui et ils allaient à la poste pour payer le fret. Comment ça se passait… je n'en ai aucune idée. Ça allait parce que Selekë, une femme des Îles, parlait bien le français. Normal, elle enseignait, et elle connaissait la langue des Blancs. Vous voyez, Élan, il était comme un pou après Manon. Il est mort, maintenant. Il le jalousait, c'était à en mourir. Il a fait courir le bruit que Manon couchait avec la maîtresse. Une vraie langue de vipère, avec des manières de femme. Tout le monde connaissait la jalousie qui animait le fils du diacre de la tribu. Après ça, Manon a arrêté de fréquenter le couple d'enseignants. L'année après qu'Élan eut fait courir le bruit, Selekë a demandé sa mutation. Et vous savez à quel endroit du pays? À Bas-Coulnas. Houlala! je serais incapable d'aller vivre là-bas. C'est à Hienghène, dans la chaîne centrale, au nord-est du pays. J'y allais, mais pas souvent. Nous avons de la famille par là-bas. Ici, à Tiéta, y'avait pas grand monde qui menait ce genre de vie. Je ne parle pas seulement de la chasse. Je parle de la relation avec les enseignants. À notre époque, on ne fréquentait pas ces gens-là. Ils étaient au-dessus de nous, pensait-on. Dieu lui-même descendait sur la terre. Mais, avec eux, Manon vivait comme il l'aurait fait avec toi et moi. Je t'assure. Un drôle de garçon. Il aimait follement ses bêtes. Une fois, sa maman lui avait demandé de tuer un chien pour le compte d'une grand-mère. Manon, d'habitude prompt à rendre service, n'a pas trouvé la force nécessaire. La vieille dame a pendu elle-même son cabot. Puis elle l'a fait pour le compte d'autres gens, pendant plusieurs années, jusqu'à son départ. À la tribu, on disait que cette activité lui allait bien, vu qu'elle n'avait pas de cœur. Dans son jeune âge, Pweeru avait été maudite par sa grand-mère. Les gens disaient qu'elle menait la mauvaise vie. Normal, elle avait longtemps vécu au village et à Nouméa, avant de revenir à la tribu.

Les enfants de la *Colline aux oiseaux* avaient l'habitude des histoires de Saifetra qui sautait souvent du coq à l'âne et empruntait des chemins détournés. Mais il n'oubliait jamais sa destination. Depuis leur tout jeune âge, avant de prendre le petit déjeuner, les enfants écoutaient le Vieux, assis au bout de la table, qui avait toujours quelque chose à raconter. C'était comme une méditation. Parfois, Saifetra lisait le livre *La bonne semence*. Il commentait un passage, puis se taisait pour que chacun puisse y réagir à sa façon. Il cherchait ensuite dans sa vaste mémoire une situation de la vie de tous les jours afin d'illustrer le passage partagé. À la maison, la parole du jour n'était pas seulement tirée des livres et des saintes Écritures. Le père

Saifetra s'inspirait aussi beaucoup des paroles de la culture kanak, glanées çà et là, au hasard des circonstances. Les enfants étaient habitués à cette façon de faire que personne n'aurait songé à remettre en cause. Elle faisait partie des pratiques qui se transmettaient d'une génération à l'autre. Les meilleurs passages des récits s'inspiraient toujours du vécu des vieux.

Voyant que les jeunes gens étaient toujours attentifs, Saifetra reprit son discours.

— Un jour, vers la fin de l'année, on sortait du temple. On rentrait à la maison pour manger, en attendant de revenir dans la cour d'Eika pour les jeux de l'après-midi. En passant devant la case des Peloom, dans la cour laissée en friche, notre attention fut attirée par Saelo, le taureau du vieux Tein qui était toujours là, tenu en laisse. Ce jour-là, il était couché sur ses pattes. Un léger filet de sang lui sortait des naseaux. Il continuait de ruminer, mais le vieux Jabwue qui était avec nous eut soudain l'air affolé en le voyant. Toute la tribu avait eu du mal à trouver le sommeil la nuit précédente. Les chiens n'arrêtaient pas d'aboyer. Certains se montraient agressifs et d'autres criaient à la mort. Le Vieux était certain de tenir l'explication de cette agitation. « Les enfants, voyez-vous ce que je vois ? Regardez la bête du vieux Tein. Elle va mourir ! Vous voyez ? » Plus personne ne marchait. Tout le monde regardait le taureau et attendait ce que le vieil homme allait encore dire. Saelo somnolait comme il le faisait toujours en ruminant. À présent, chacun voyait le filet de sang qui lui sortait des naseaux et que le vieux Jabwue avait d'abord été seul à remarquer. Il se retourna vers le groupe et dit à son fils Pëdan : « Va chercher le fusil et la hache à la maison. » L'ambiance devint grave. Nos regards étaient fixés sur la bête que le grand-père allait abattre. Manon apparut alors devant nous avec son sabre. On pouvait se mirer dans la lame de ce sabre tellement il était affûté. Manon s'est excusé par quelques mots auprès du vieux Jabwue. Il n'a rien dit d'autre. Il a un peu raccourci la laisse qui tenait le taureau au cocotier, puis il s'est approché du flanc de la bête qui le regardait calmement. Manon a posé la pointe de son sabre à un endroit bien précis, entre deux côtes, dans la robe rouge et blanc de Saelo, et il a poussé sur le manche. La lame a glissé droit jusqu'au cœur. La bête a basculé sur son flanc comme un bateau qui sombre. Elle s'est mise à trembler frénétiquement, de toutes ses dernières forces. On attendait... sans bruit. Moi, j'avais le cœur gros. Je n'aurais pas pu mettre de nom sur les sentiments qui me remuaient. J'essayais seulement de ne pas pleurer devant les autres. Manon, quand il s'est retourné vers nous après la mise à mort, avait les yeux rouges. Il s'est essuyé la main et a murmuré au vieux que Pëdan allait arriver, avec sa hache et les ustensiles pour dépouiller la bête. Puis il a disparu. Bien des années plus tard, à l'occasion d'un mariage, Manon est revenu sur cette scène parce que je le lui avais demandé. « Vois-tu, mon neveu, je l'ai fait pour aider, même si j'avais peur de mal faire. Ces choses-là, je les fais toujours par amour. Tu vois, le vieux Jabwue, il aurait été incapable de tirer sur le taureau ce jour-là. Devant vous, il a fait comme s'il pouvait. Les vieux, c'est comme ça. Et puis, il faut toujours qu'ils rendent service à la famille. Mais Jabwue, tout ce qu'il savait faire, c'était attraper des anguilles à la pointe d'une sagaie ou pêcher des grenouilles. Abattre un vieux taureau, il n'aurait pas pu. Ce dimanche-là, j'allais rejoindre le couple d'enseignants qui allait quitter la tribu. Selekë m'avait appelé pour manger chez elle. C'est quand j'ai vu Pëdan courir que je suis descendu de la voiture. J'ai dit au couple de m'attendre chez les deux vieux[165]. J'ai pris mon sabre que j'avais laissé là-bas, après ma partie de chasse de la veille. Je suis allé tout droit vous rejoindre et j'ai fait ce qu'il fallait, sans hésiter. Quand Pëdan a découpé la bête, il a amené un morceau chez papa et maman. Moi, je n'étais plus là.» J'aurais voulu que Manon me raconte d'autres souvenirs, mais il était toujours occupé à quelque chose. Même dans sa vieillesse. C'était comme s'il vivait à grande vitesse. Il avait un emploi du temps très chargé. Avec le recul, je m'étonne que quelqu'un comme lui ait un rythme de vie si soutenu. On dit toujours que la vie à la tribu, c'est «cool»… Je n'en suis pas si sûr. C'est pas facile de tout gérer.

Tout en parlant, Saifetra avait planté la marcotte de litchi et avait fini de lisser la terre qui comblait le trou. La cloche sonna le glas et Damahot l'appela pour aller au temple. Walibwan, un jeune homme de la tribu était parti deux jours plus tôt. Il avait été envoyé trop tardivement dans les hôpitaux de Nouméa. Le corps avait été ramené à la tribu par les oncles maternels. Saifetra fila vers la maison pour se rafraichir et enfiler des vêtements neufs. Il était à présent tout propre. Damahot l'attendait dans la voiture. Sur le siège arrière, deux

---

[165]   Chez ses parents.

jolis bouquets étaient posés. Damahot les avait envelop-
pés dans du papier journal. On aurait pu croire que le
papier était seulement là pour absorber la sève des tiges
de rosiers et des branches d'épines du Christ, afin de
ne pas tacher le siège de la petite voiture. Mais sa fonction principale était autre. Entre le papier et les tiges
des bouquets, Damahot avait glissé un billet de mille
francs. Chaque geste coutumier est une prière dédiée
à l'ancêtre totémique. Ce dernier, ainsi, est toujours
honoré. Le monde visible est en connexion directe avec
l'au-delà.

Pour les deux Vieux de la *Colline aux oiseaux*, ces
offrandes étaient l'occasion de formuler un vœu, une
prière.

— Tu vois, Saifetra, depuis que nous sommes mariés,
tous les Walibwan de la tribu ont eu une fin tragique et
personne ne s'en inquiète. Je vais prier pour cela.

— Damahot, le nom «Walibwan» vient de notre
clan. Le plus vieux que l'on connaît a vécu cent trois
ans. Il a beaucoup voyagé. Il a travaillé sur des bateaux
de pêche du siècle dernier et a sillonné les océans. Au
cours de sa vie, il a épousé trois femmes. Une Kanak,
une Aborigène et la dernière était une Japonaise. Voilà
pourquoi nous avons de la famille un peu partout dans
le monde.

— Et où a-t-il été enterré ?

— Très bonne question. En Australie, dans le détroit
de Torres.

— Oui, mais regarde sa descendance, et surtout ceux
qui portent son nom. J'en connais trois. Ils sont tous par-

tis, emportés tragiquement avant le demi-siècle. Le plus jeune a été tué par balle, en jouant avec le fusil de son père.

— Non, le fusil n'était pas à son père. La veille, ses enfants et lui s'amusaient à tirer sur des grappes de cocos verts. Les enfants couraient pour ramasser les fruits que le papa découpait et donnait à ses enfants. Tout ça dans l'insouciance et la joie de vivre. En rangeant le fusil de son neveu, Nonwu a oublié de retirer une cartouche de la chambre. On connaît la suite.

— Oui, mais je pensais aux deux autres.

— Damahot, tu oublies tous ceux qui sont dans les autres tribus.

Mariée à Tiéta, Damahot ne connaissait pas tous les chemins des alliances par où le nom avait voyagé. Elle resta alors très pensive. Elle ne voulait pas que les Walibwan meurent dans la force de l'âge, les uns après les autres. Forgé dans la pensée kanak, le couple était convaincu que la mort irait vers là où elle devait aller, conformément aux vœux des vivants. Encore fallait-il que ces vœux soient formulés et présentés comme une offrande, d'où le bouquet et les billets de banque entourant les tiges des jolies fleurs. Il fallait apaiser les esprits et leur plaire. Les pensées de Saifetra glissèrent ensuite sur les choses éphémères de la vie. Toute son attention était à présent occupée par la beauté de son épouse, fleur parmi les fleurs, toujours soucieuse de son apparence. Cela le rendait un peu jaloux. Pendant l'office religieux, la veuve ne cessait de zieuter le pasteur de la tribu qui n'officiait pas pour la circonstance. Il était cependant debout non loin du diacre qui assistait l'autre pasteur. Il attendait comme tout le monde que les oncles utérins enterrent leur mort[166] et que la cérémonie prenne fin sous le soleil de la vallée qui ne chauffait pas. Au mois de juillet, la température est toujours en dessous de dix degrés.

Émelie, la veuve du défunt, était également tendue. Elle avait des choses à se reprocher. Les gens de la tribu la tenaient pour responsable de la mort de son mari. Une croyance collective disait qu'Émelie avait pris le foie et le cœur de son époux pour l'offrir en pitance à son boucan[167], pour qu'il soit encore plus vigoureux.

De son vivant, Walibwan était un chrétien très pratiquant. Un jour de messe, le pasteur de la tribu remarqua son absence inhabituelle. Il n'était plus venu au temple depuis trois dimanches. Après le culte, le pasteur se rendit chez Walibwan. Il voulait connaître la raison de son absence. Dans la case, l'homme de Dieu découvrit son ouaille allongée sur le dos, à côté du feu, le ventre et le reste du corps couvert de pustules.

— Pasteur, c'est mon épouse. Elle m'a offert en pâture à la foudre, le totem de son clan.

Le pasteur, voyant qu'Émelie avait laissé Walibwan tout seul, lui cria de toutes ses forces de la quitter.

---

[166]   La vie appartient aux oncles utérins.

[167]   *Boucan* a souvent le sens de « sortilège » ou « malédiction ». Ici, il est employé pour évoquer le totem qui symbolise le clan d'Émelie. Le totem d'un clan est souvent un animal ou une plante, mais il peut aussi s'agir de la pluie, d'une maladie, du vent ou de la foudre. Le totem représente l'origine du clan, c'est-à-dire son ancêtre le plus lointain, son aîné.

— Mais tu vois bien qu'elle ne t'aime pas ! Quitte-la ! lui dit-il en martelant le sol de ses chaussures apostoliques.

— Mais moi, je l'aime.

Le pasteur de la tribu n'avait plus rien à dire. Il se contenta de prier avec le malade. Était-ce une oraison funèbre ? Il savait qu'en pareille situation, l'intervention humaine est vaine. La raison exigeait une lecture kanak à un tableau kanak. Il s'en alla. Dans son cœur, l'autre manière d'aimer s'installait. Un autre sujet d'étude à méditer pour ses prêches : le sacrifice.

Quelques jours après la visite du pasteur, le moribond mourut.

Le lendemain à Camadhoup après l'enterrement du chat et de Walibwan, à l'heure de la méditation, la maman prit la parole :

— J'ai eu la réponse de la nuit. J'ai rêvé que le litchi portait beaucoup de fruits. Très rouges et succulents. Il y avait de quoi remplir beaucoup de poches, de très grosses que je suis allée vendre au marché. Je suis revenue avec plein de pièces. J'étais très contente. Merci aux deuilleurs d'hier.

À ses côtés, Saifetra ne parlait pas. Son silence enveloppait l'assistance. Il se gardait de dire qu'il avait rêvé d'un homme vigoureux et dans la force de l'âge qui sortait de terre avec deux bouquets dans la main. Sur le coup, il avait crié si fort qu'il s'était réveillé, empli de peur. Il en avait aussitôt parlé à son épouse qui s'était également réveillée. Ils s'étaient tous deux rendormis avant le chant du coq, avec la conviction que leurs prières seraient entendues outre-tombe. Mais, à table, Saifetra se contenta de participer à la méditation matinale en affirmant une nouvelle fois que l'amour des bêtes était important.

— La mort d'hier conjurait le sort. Ce n'était pas le chat que voulaient les esprits malfaisants.

Tous les enfants tournèrent leurs yeux vers lui.

— Quelqu'un de la maison était visé. Ils ont raté le coche.

Voilà pourquoi le chat était mort.

Ponoz, cordon ombilical

Âgé d'une vingtaine d'années Aelan était d'une beauté à faire chavirer les cœurs. Débordant d'énergie, il était mécanicien à la station, non loin du quai des caboteurs de la capitale.

Le travail comptait par-dessus tout, pour Aelan. Il investissait tant d'effort dans ce qu'il faisait qu'il finit par y exceller et par y trouver un grand plaisir. Personne n'aurait dit qu'il travaillait. Il donnait l'impression de s'amuser. Son sourire illuminait chaque journée qu'il traversait.

Il honorait ainsi les paroles de sa mère.

Un jour, alors qu'il lui avait présenté son premier salaire, elle avait dit : « Mon fils, aime ton travail et la vie te payera en retour. L'existence n'est pas avare, elle te dispensera beaucoup de joies. Le ciel seul reconnaît et récompense le labeur. Tu verras, mais c'est à toi de faire le premier pas. »

Elle avait répété ces mots sur son lit d'hôpital, juste avant de partir. Sa disparition leur avait donné beaucoup d'importance. Comme une levure spirituelle. Depuis sa prise de fonction, le nom d'Aelan n'avait jamais figuré au registre d'appel du secrétariat. Il ne s'absentait jamais. D'autres jeunes de son âge venaient parfois le voir à la station pour lui dire qu'il était un kanak exploité et qu'il devait se syndiquer. « Ce syndicat, il est fait pour nous », disaient-ils. Il les écoutait d'une oreille par respect de la parole, mais il laissait leurs conseils s'en aller avec eux. Il n'était pas aveugle et voyait bien qu'à chaque mariage, à chaque coutume des gens de la tribu qui vivaient à Nouméa, les mêmes jeunes faisaient la fête[168]. Ils allaient ensuite voir un médecin le lundi pour leur rédiger un certificat médical. Avec la loi des Blancs, il faut être correct. Ils se justifiaient ainsi. Ils connaissaient les cabinets des docteurs qui dispensaient des largesses. Les gens de la génération du dessus leur en avaient donné les adresses. Mais Aelan se montrait d'abord correct envers lui-même. Pour lui, son travail était aussi son syndicat.

Il est vrai qu'à force de s'investir autant, il avait fini par sympathiser avec ses collègues, le patron et même les clients. Il les avait conquis par sa droiture et sa sincérité. Il faisait la joie de la maison. Tous se rendaient à l'évidence. Certains clients venaient à la boutique pour lui. Le patron avait fini par lui faire confiance et lui donner quelques petits avantages. Mais Aelan faisait surtout en sorte de ne pas déplaire à ses collègues qu'il considérait comme sa deuxième famille. À l'époque

---

[168] Faire la fête, c'est se saouler, fumer du cannabis et écouter la musique. Et, après, se battre, se demander pardon en présentant une coutume. Ainsi va la vie.

où il rendait visite à sa mère à l'hôpital, il n'était pas rare qu'il débarque certaines nuits avec une caissière ou un mécano de la station. Une fois, le patron s'était même déplacé en personne. Du coup, les gens de la station étaient aussi devenus sa famille. Les cœurs battaient d'un même rythme et enduraient les mêmes souffrances.

Le patron l'appela un jour pour l'inviter à prendre les congés qu'il avait largement cumulés, au risque de les perdre. Depuis qu'il avait commencé, il était d'une telle rigueur qu'il n'avait jamais songé à faire une pause.

Il partit donc en vacances, puisqu'on le lui demandait.

Une semaine après son départ, Michel le Marseillais, client fidèle de la station, débarqua. Il fut surpris d'apprendre par le patron lui-même qu'Aelan, son ami mécanicien, était rentré dans son île, à Lifou.

— Enfin, il s'est décidé, le couillon !

— Oh ! je lui ai un peu forcé la main. Sans ça, je lui enlevais des congés. Ça va ! j'vais pas lui donner un an, quand même.

— Oh, con ! Il mérite bien un peu de repos ! Sainte Marie !

— La station tourne bien, et c'est grâce à lui. J'veux pas le lâcher. Tu sais, il m'a dit que je peux l'appeler une fois par semaine. Et à son retour, il m'amène des roussettes et des crabes de cocotier. Tu vois ce machin violet qui ressemble à une main avec deux pinces, et qui traîne une grosse boule. C'est bon, ça, hein ?

— C'est vrai, il m'en a fait bouffer, une fois. Il faut aimer. Et c'est quand qu'il revient, alors ?

— Pas avant deux mois. Il est parti il y a trois semaines.

— Ah bon. J'ai fait un petit break, moi aussi. Je suis revenu avant-hier. Je voulais lui remettre un cadeau que j'ai rapporté de chez moi. Il a toujours le même numéro ?

— Je ne pense pas. Il m'a donné le numéro d'un fixe. Ça doit être le téléphone de quelqu'un de la famille.

— Ben, si tu l'appelles dans la semaine, dis-lui de passer chez moi à son retour.

— Sans problème.

Après le départ de Michel, le patron se retira dans son bureau.

Il pensa encore à Aelan. Le jour où il avait décidé de le forcer à prendre du repos, Aelan pestait contre un couple qui lui demandait de fixer une plaque d'immatriculation sur leur voiture. «Oh là là ! ces gens qui viennent nous faire chier chez nous !» La dame, affichant un faux sourire, s'impatientait et désirait visiblement passer devant tout le monde. D'un simple geste de la main Aelan avait refusé net. Il s'était éloigné en maugréant : «Ça, c'est Goro[169] ! Mais qu'est-ce que j'en ai à foutre ?» Sabine, la caissière, voyait et entendait tout cela de son comptoir. Elle avait tenté de calmer

---

[169] *Goro* : nom d'un site métallurgique de transformation du minerai de nickel. L'usine de Goro est un acteur économique très important en Nouvelle-Calédonie.

Aelan, mais il était rouge de contrariété. Il ne supportait plus qu'on le dérange dans son travail. Elle, qui le connaissait si bien, savait que son caractère de chien et ses sautes d'humeur changeante n'étaient dus qu'au décès récent de sa mère. Elle l'avait tout de même mis en garde. Le patron était arrivé sans tarder pour parler à son protégé.

Deux jours après, Aelan prenait ses vacances et s'envolait pour Drehu[170].

*

* *

À Hunöj, quand la vie quotidienne devenait trop pesante, les gens, et en particulier les jeunes, plaquaient tout et partaient séjourner pour quelque temps à Mele. Un endroit fort éloigné des préoccupations de la civilisation. Une heure de marche forcée à travers un paysage que les gens appelaient « la végétation des champs ». Les habitants y cultivaient une terre très féconde. Passé ce type de végétation, on rentrait dans la plus grande forêt de Lifou, clairement visible quand on survolait l'île en arrivant de Magenta[171].

La grande forêt, c'était vraiment une histoire. Avec sa densité, on pouvait s'y perdre. Lors des mariages, les Calédonie[172] étaient toujours surpris par les variétés de

---

[170] *Drehu* : nom vernaculaire de Lifou.

[171] Aérodrome de Magenta, Nouméa.

[172] Les gens de Drehu appellent *Calédonie* les habitants de la Grande Terre, de Poum à Nouméa.

bois avec lesquels les gens de l'île faisaient le feu. Les Lifou ne ramassaient pas les caféiers, les mimosas et les sandragons. Ils choisissaient du bon bois. Des variétés que les gens de Grande Terre ne trouvaient que dans la grande forêt de la chaîne[173]. À Lifou, la grande forêt qui fournissait le bois de chauffe se trouvait à profusion sur le bord de la route.

Les grands arbres aux cimes inaccessibles tendaient comme des perches leurs ramures vers le ciel. Dans le sous-bois qui filtrait les rayons du soleil, toutes les plantes, jusqu'aux simples mousses et lichens, croissaient à foison. Le diacre de Hunöj avait rapporté qu'un jour, un apiculteur venu d'Europe était arrivé au presbytère pour goûter son miel. Le spécialiste avait été étourdi par ses différents arômes et bien incapable d'en définir la provenance. Rien d'étonnant, compte tenu de la variété de fleurs et d'arbres qui composaient la forêt. Autant d'essences que la communauté scientifique n'avait pas encore répertoriées.

Il n'était pas rare que les autorités fassent appel à la population pour aller chercher quelqu'un qui s'était perdu en forêt. Certaines personnes en revenaient. D'autres jamais. Même des marcheurs aguerris arrivaient à se perdre. L'île de Lifou n'est pourtant pas si grande. Seule la densité de la forêt était en cause. À Hunöj, Saipö, un homme que tout le monde qualifiait pourtant de connaisseur et qui allait souvent ramasser des crabes de cocotier au bord de la mer, avouait

---

[173] *La chaîne* : zone centrale de la Grande Terre.

que la forêt lui tournait parfois la tête. Il disait par exemple qu'il fallait éviter d'y marcher par temps couvert, le soleil étant le meilleur moyen de s'orienter. Si l'on se faisait surprendre par la nuit, mieux valait s'immobiliser et attendre le lever du jour ; surtout que, si l'on en croyait les légendes, les humains et les animaux n'étaient pas les seuls êtres à vivre là. Il y avait aussi les esprits. Le chasseur nommé Utiehmej racontait à qui voulait l'entendre qu'il avait fait une surprenante rencontre. Il disait avoir rebroussé chemin après avoir entendu un bruit étrange qui venait droit sur lui, sans qu'il lui soit possible de voir la chose d'où émanait le bruit. La manifestation avait cessé après qu'il ait tiré un coup de fusil en l'air. Son histoire animait la tribu une semaine avant l'arrivée d'Aelan. Quelques mois plus tôt, Atranganya, une ramasseuse de coquillages, avait été surprise par la nuit à son retour de Mele. Elle décida de dormir dans la grande forêt, en plein milieu du sentier. Au cœur de la nuit, elle vit un drôle d'énergumène fluorescent qui ressemblait à une jeune fille avec des antennes. Les yeux lui sortaient des orbites, tombaient jusqu'à toucher terre et revenaient dans leurs cavités comme s'ils étaient retenus par des élastiques. Comme des yoyos. Atranganya n'avait pas eu peur. Son oncle lui avait dit plus tard qu'il s'agissait d'un *unetröhnitr*[174], un esprit de la forêt dont il n'y avait rien à craindre. « Il est notre gardien, notre ange protecteur », avait-il affirmé. Elle avait tout de même eu la prudence de ne pas l'approcher.

---

[174] *Unetröhnitr* : l'un des nombreux habitants mythiques de la forêt de l'île.

Même sans les croyances et les grands arbres qui peuplent sa grande forêt, Lifou serait une île mystérieuse. Elle renferme des secrets aussi profonds que ses grottes. Muro, le vieux diacre de Hunöj, conseillait aux visiteurs de ne jamais marcher de nuit, pour éviter de chuter dans l'une des crevasses qui parsèment l'île.

*
* *

Aelan était arrivé à Hunöj vers le milieu de l'année, pendant la période des labours.

Sa belle-sœur, musclée de la mâchoire, lui avait de suite rebattu les oreilles au sujet des travaux à accomplir et des champs à labourer.

Mais Aelan voulait avant tout se changer les idées. Partir se promener à Mele, c'était d'abord traverser la forêt mythique. Une bonne heure de marche. Un bonheur. C'était ensuite récolter des crabes de cocotier ou des coquillages, ou bien jeter la ligne, du haut des falaises escarpées, pour pêcher du poisson. C'était surtout chasser les mauvais esprits de la ville.

Un soir, il alla voir Trotreijë pour lui demander de l'accompagner. Trotreijë lisait dans la forêt comme dans un grand livre ouvert. Il connaissait tous les endroits. Mais Trotreijë ne dévoilait jamais ses secrets. Il ne les révélait qu'au compte-gouttes et à qui il voulait. C'était son droit et sa récompense car, pendant les grandes vacances, alors que les jeunes de sa génération partaient à Nouméa, pour passer des vacances soi-disant méritées, Trotreijë, avec ses grands-parents et ses mauvaises notes à l'école des Blancs, allait passer trois mois à Mele.

« C'est l'autre école pour se former, celle de la vie, du savoir et de l'intelligence kanak » disait un vieil illuminé de la tribu que l'on connaissait pour ses moqueries et son franc-parler.

À Hunöj, c'était bien connu, qu'il s'agisse de la pêche ou de la chasse à Mele, Trotreijë n'avait d'équivalent que son ombre.

Le lundi suivant, à son réveil, Aelan prépara son sac et partit faire des achats à la coopérative de la tribu. Il prit du pain et du pâté pour compléter ce qu'il avait apporté de Nouméa. Il rejoignit ensuite Trotreijë qui l'attendait. Il lui demanda s'ils avaient besoin d'autre chose.

— Oh, un Popper[175], juste pour la route.

— Écoute, tu pars avant, et tu m'attends vers l'école.

Trotreijë partit devant, comme pour exécuter l'ordre du petit frère à qui il voulait plaire. À l'école, il l'attendit. Aelan arriva avec deux berlingots de vin et six bières. Ils pédalèrent alors avec empressement sur la route en terre pour traverser la végétation des champs qui menait à la grande forêt.

À la lisière, ils s'arrêtèrent. La soif et les discussions aidant, ils n'eurent bientôt plus rien à boire.

---

[175] *Popper* : berlingot d'un litre de vin.

— Trotreijë, tu m'attends là, je vais repartir à la tribu pour acheter de la bière.

Aelan enfourcha son vélo et retourna à la tribu à travers champs pour faire les courses. Trotreijë alla se reposer sous un pandanus. Lorsqu'Aelan revint, ils cachèrent leurs cycles dans les fourrés et pénétrèrent la grande forêt.

Trotreijë ne tarissait jamais d'explications. L'alcool l'animait un peu, mais il savait surtout que son interlocuteur, qui avait passé la plus grande partie de sa vie en ville, l'écoutait très attentivement. À plusieurs reprises au beau milieu de la grande forêt, ils posèrent leurs effets, s'assirent sous un arbre et discutèrent.

Trotreijë débitait son savoir d'un ton magistral.

— Kalabus, en français, ça veut dire « la prison ». Cet endroit a servi autrefois à isoler les malades atteints de la lèpre. C'est une ancienne léproserie. C'était au tout début, avant les années 1900. En 1849, si je me souviens bien. Le premier malade de Drehu devait être de chez nous. Kalabus a existé avant Hnawetr[176], entre Kejëny et Thuahaik. Cila, à la tribu de Nang[177], a été la dernière léproserie avant l'ouverture du centre Raoul Follereau[178]. On y arrive par cette allée de pierres entassées. Elle amène à la citerne que voici.

---

[176] *Hnawetr* : une léproserie ouverte après la fermeture de Kalabus à Hunöj.

[177] Il y avait aussi la léproserie de Nang à Cila dans le district de Wetr, après Hnawetr.

[178] L'actuelle léproserie de Nouméa située dans la presqu'île de Tindu.

Aelan écoutait de toutes ses oreilles. La citerne était creusée à même le sol. Deux mètres de large, quatre mètres de long et deux mètres de profondeur.

— Avant d'arriver à Hunapo i Qëmek, il fallait passer par Kalabus. Une rangée de cailloux entassés faisait office d'allée. À l'époque, il devait exister des maisons à côté de la citerne. La toiture servait à recueillir l'eau de pluie pour l'alimenter. Mais la nature a repris ses droits. De tout temps, quand on allait à Mele, Kalabus servait d'endroit pour se reposer.

Aelan tentait de se représenter le passé qui se superposait au présent. Il y avait un figuier aux fruits rouges sous lequel le passant s'asseyait avant de repartir. De là, il pouvait apercevoir les racines des grands arbres et des lianes tomber dans la citerne et plonger dans les entrailles de la terre. Les gens de Hunöj avaient grandi avec cet héritage de la nature et une partie de ses mystères. Tout autour de la citerne poussaient des flamboyants, témoins des temps anciens.

— Les xaj[179] et les autres grands arbres ne poussent pas à cet endroit, reprit Trotreijë. Vois, cette végétation un peu plus clairsemée. Le dernier cocotier, fruit de ceux sûrement plantés par les vieux à Kalabus, a disparu il y a quelques années.

— Ici ? demanda Aelan.

— Oui. Ce cocotier servait de croisement de chemin et de déviation pour éviter de faire la rencontre

---

[179]   *Xaj* : en langue Drehu, une variété de grands arbres qui poussent dans les forêts de l'île. Schefflera Golip, selon Maurice Lenormand.

d'un grand serpent qui avait son nid sous des pierres, pas loin du sentier que nous empruntons. C'est mon grand-père qui a changé la direction du sentier. Grand-mère Qahnuma avait très peur de ce genre de bête. Les gens ont suivi, maintenant nous ne passons plus droit. Dommage, parce que c'était plus court. On gagnait du temps pour arriver à Qanope Hise.

Aelan écoutait les explications comme sur un banc. Il était en prise directe avec l'école des Noirs. Des Kanak. L'école de la vie. Il était émerveillé qu'un citoyen de seconde zone qui n'avait jamais quitté sa tribu lui apprenne des choses que la plupart des gens ignoraient, l'histoire de cette léproserie.

Ils écoutaient aussi les chants de toutes sortes d'oiseaux, le bourdonnement les abeilles lourdement chargées de pollen, le souffle du vent plissant le feuillage, couverture de la forêt. Trotreijë et Aelan étaient au cœur de cette magie. Ils sirotaient une bière avant de s'en aller vers les falaises, là où se trouvait la grotte de Qanope Hise, un autre endroit débordant de mystères. Aelan écoutait avec passion les explications de son ami, qui était incollable sur l'histoire du lieu.

— Qanope Hise est une grande grotte appartenant au clan Ase. Il faut monter la paroi d'une falaise d'une dizaine de mètres environ, pour accéder à l'intérieur. C'est comme une grande cathédrale dont les bancs seraient des blocs de pierre énormes entassés pêle-mêle. Ce sont des anciennes stalactites qui se sont détachées de la voûte. Dedans, il y a un arbre de la famille des figuiers, un axöt[180]. Il pousse à l'intérieur de la grotte et expose ses branches à l'ouverture du haut de la falaise.

Trotreijë raconta que les gens du clan, par le passé, sautaient par cette ouverture et attrapaient les branches de l'arbre qui se pliaient pour les déposer avec douceur à l'intérieur de la grotte. L'arbre leur rendait service en leur permettant d'échapper à leurs poursuivants pendant les guerres claniques. En reconnaissance de sa fonction salvatrice, les Vieux avaient fini par le bénir. Combien de cyclones s'étaient acharnés sur l'axöt! Le tronc s'était brisé à maintes reprises, mais la vie renaissait toujours de ses racines. L'arbre occupait l'endroit depuis toujours. Nul ne pouvait dater son existence. De nos jours, pour accéder à Mele en passant par la grotte de Qanope Hise, il faut grimper sur des racines d'un grand banian qui a poussé sur le rebord du trou béant attenant à la grotte, juste à côté de l'axöt. Quelques racines du banian sont sèches. Des hommes de la tribu ont fini par construire une échelle de soutènement, pour préserver les racines encore vivantes.

Au-dessus de Qanope Hise, sur une des parois creuses des falaises appelées Pakaco, Trotreijë montra à Aelan des ossements du vieux Qëmekë. Un des grands-pères du clan.

— Après 1842, ce grand-père voulut détruire la grande chefferie de Lösi parce qu'elle avait reçu l'Évangile de Jésus-Christ. Les vieux avaient alors construit des radeaux pour attaquer cette grande chefferie

---

[180] *Axöt*: ficus scabra Forst, var. pubescens, selon Maurice Lenormand.

Boula[181] en contournant tout le sud de l'île pour arriver par la mer. C'était pour prendre les guerriers de la chefferie par surprise. Mais le vieux Qëmekë et ses hommes périrent fracassés contre les falaises à la pointe de Jua e Hnawe avec leur embarcation. Les éléments et le sort avaient conjugué leurs efforts pour mater cette rébellion.

— Quelle histoire passionnante !

— C'est ce qu'ont raconté les gens qui encourageaient la soumission de la chefferie à l'Évangile de Jésus-Christ. Le temps a effacé tous ces faits des mémoires, l'orgueil reste. Le même chez les gens de la tribu. Mais eux, ils savent que le vieux Qëmekë, le révolution-naire de Hunöj, n'est pas mort à Jua e Hnawe, comme le disaient ceux qui voulaient justifier la puissance du Dieu très haut des chrétiens. Étant le chef qui avait fomenté la révolte, il avait dû envoyer ses hommes. On lui doit cette fameuse parole : « À ma mort, vous me mettrez à cet endroit pour que je dorme en regardant le royaume de Lössi, après l'échec de mon expédition. » Les ossements qui gisent dans la crevasse au-dessus de Pakaco, pas loin de Qanope Hise sont les restes du vieil homme. Effectivement, l'endroit domine toute l'île en hauteur et surtout le royaume de Lössi. La crevasse de la paroi rocheuse est difficile d'accès. Les vieux ont dû descendre sur des lianes pour y déposer la dépouille.

---

[181]   Les vieux de la tribu étaient rebelles. Ils ne voulaient pas se soumettre à l'autorité de l'Évangile.

Quand ils entrèrent dans la grotte, ils se trouvèrent face à deux stalagmites. Elles avaient la forme de deux femmes drapées, légèrement courbées vers l'avant.

— La légende veut qu'elles soient les deux filles[182] gardiennes des lieux. Tu vois, du côté des deux statues, il y a un amoncellement de feuillage sur le sol. De par la position des gros blocs de pierre dans la grotte, un fort courant d'air souffle et balaie en permanence la devanture des deux stalagmites. Mais les gens de la tribu préfèrent souvent penser que ce sont les deux filles qui ont fait leur ménage en balayant la devanture.

Aelan admirait les parois lisses de la grotte, rendues étincelantes par les ruissellements d'eau de pluie. Sur ces parois qui étaient autrefois des stalactites, on pouvait lire des noms de personnes écrits à la chaux. Des noms de la génération de grands-parents aujourd'hui disparus. Ces noms étaient beaux parce qu'ils épousaient la couleur des parois somptueuses sous les reflets de la lumière.

Trotreijë fulminait : Les jeunes gens de la nouvelle génération arrivant des écoles de la capitale avaient fini par imiter les aïeux. Ils avaient acheté des bombes dans les commerces de la place pour taguer leurs surnoms indéchiffrables et produire des dessins d'une vulgarité indicible. Le contraste entre les deux écritures était ignoble et d'une laideur absolue.

---

[182] *Les deux filles*, dans les légendes de Drehu, représentent toujours des déités. Dans certaines légendes, elles sont jumelles.

— Les vieux ne parlent plus, ils doivent ravaler leur honte et leur misère, dit Trotreijë. À leur époque, ce genre de comportement était passible du Conseil des Anciens. Aujourd'hui, si rien n'est fait, d'autres jeunes viendront peindre toutes les surfaces de la grotte de toutes les couleurs. Derrière ces noms, dans le noir, des calebasses naturelles creusées à même la pierre, des réserves d'eau dans des galeries sans fond se reposent d'un sommeil sans âge. Quand on tend bien l'oreille, nos sens sont éblouis par les cris des hirondelles, des chauves-souris et du vent qui s'engouffre dans la grotte, par le tic-tac de l'eau, comme des notes de musique tombant des stalactites. Alors, nos battements de cœur soulèvent nos entrailles sans qu'on sache pourquoi. Et une sueur froide perle sur notre peau. On a froid. Mais pas le froid de saison qui s'évanouit sous le chandail. C'est un froid qui vient de loin, qui a parcouru de longues galeries obscures avant de ramper jusqu'à nous. L'esprit de la Nature nous observe sûrement.

Après quelques minutes de recueillement, Trotreijë reprit son discours qu'Aelan écoutait avec avidité.

— Quand on n'a pas d'eau, on rentre dans les galeries pour en puiser. Nos vieux nous conseillaient de ne pas nous éclairer avec des torches aux rayons éblouissants. Il ne faut pas violer l'intimité de l'eau, de peur qu'elle s'en aille. On récupérait alors les feuilles de cocotier sèches dans la cocoteraie, au pied de la grotte, et on les allumait pour dissiper les ténèbres. Certains rentraient dans la galerie avec seulement une allumette. D'autres, plus habiles, ne prenaient pas la peine de s'éclairer. Ils connaissaient l'endroit parfaitement. Ils se laissaient guider par le bout de leurs pieds.

Aelan accueillait ce savoir palpitant avec un immense bonheur. Certaines de ces paroles trouvaient un écho en lui. Il les avait déjà entendues, mais jamais avec autant de détails. Ils étaient à présent assis au-dessus des falaises. Ils avaient franchi la grotte en grimpant l'échelle de soutènement, puis avaient contourné son ouverture arrondie qui donnait vers le ciel. Trente à quarante mètres de diamètre. Ils buvaient leur reste de bière en contemplant Lifou depuis leur extraordinaire point de vue. Au loin, Hunöj avec ses deux sapins. Le château d'eau. Mou et Xodre, à droite dans la fumée.

— Tu vois, le vieux Qëmekë doit sûrement nous voir et nous entendre. Regarde tout le royaume qu'il voulait conquérir.

— Ça, c'est un vieux de chez nous !

— C'est notre vieux.

— Ça de wizz ![183]

Enorgueillis, ils contemplaient l'île drapée de sa végétation verdoyante. Ils échangeaient peu. Trotreijë avait déjà donné ces explications au fur et à mesure qu'ils progressaient dans la grotte en marchant sur les énormes blocs de rocher. Il avait aussi dit sa déception au sujet des jeunes qui avaient peint leurs noms sur les stalactites et les stalagmites. Mais il revint sur le sujet.

— Tu vois, Aelan, moi, je n'ai jamais écrit mon nom sur un rocher. J'ai peur. J'ai l'impression que je manque de respect à ces choses sans âge. Je ne comprends pas les jeunes. Mais, il y a aussi des adultes. Ils ne peignent pas, mais ils gravent leurs noms. Tu verras, plus bas,

---

[183]   *Ça de wizz !* : interjection.

quand on va descendre vers la mer. Le sentier de crabe, le hna ië föe. Tu vas voir. Grand-père m'a toujours dit de ne pas faire ça. C'est manquer de respect à la Mère à nous[184]... Allez, on s'en va !

— C'est quoi le hna ië föe ?

— Un endroit pour choisir sa femme. Tu verras. On va le faire pour toi. La mienne, elle m'a quitté. Ça n'a pas marché. J'espérais, avec mes prières, me marier avec une autre fille, mais mes deux vieux ont choisi Hnathip. Je l'ai épousée, mais maintenant, elle est allée vivre avec un autre homme. Un Blanc. Elle a emporté mes deux filles avec elle.

L'endroit légendaire appelé hna ië föe se situe après Qanope Hise. En français son nom signifie «pour choisir une femme». Pour cela, on ramassait un caillou sur le sol et l'on tentait de le faire tenir en équilibre dans l'une des crevasses de la paroi d'une petite grotte. Autrefois, cette paroi avait sans doute été le point de jonction d'une stalagmite et d'une stalactite, vu son avancée qui ressemblait à une colonne. Les crevasses la couvraient comme autant de petites pustules, comme des boutons sur une jambe, vus de loin. Parmi elles, la petite crevasse à serments. Le promeneur s'arrêtait et faisait le vœu de se marier à une fille de tel ou tel endroit. Il devait prononcer son vœu à haute voix devant la colonne, et devant les autres personnes s'il y en avait, avant de déposer son caillou dans un petit creux, en se concentrant de toutes ses forces. Si le cail-

---

184   *À la Mère à nous* : à nos ancêtres, à la nature.

lou tenait en équilibre sur cette paroi presque verticale, cela voulait dire que le vœu se réaliserait. S'il glissait et tombait, le vœu ne serait pas exaucé et cela ne valait pas la peine d'espérer. On disait que cela marchait.

Magie ou pas, le vœu formulé circulait de bouche en bouche entre garçons et filles et tenait lieu de déclaration. Bien avant de se rendre à hna ië föe, certains garçons avaient déjà des vues sur des filles de la tribu ou d'une autre tribu. Il en était de même pour les filles, mais, autrefois, les choix possibles ne dépassaient jamais le contour que la barrière de corail dessine autour de l'île. Certains ne prenaient pas hna ië föe au sérieux, tandis que d'autres s'y rendaient comme on se rend pour prier à l'autel. Pour eux, la colonne mythique jouait le rôle d'un nécromancien. À travers elle, on interrogeait les esprits de la forêt et des morts. Des vieux disaient pourtant qu'on ne devait se rendre à hna ië föe qu'après avoir remporté avec succès toutes les épreuves de la vie de tous les jours. Si le garçon ou la fille avait assez fait de prières[185] et qu'il jouissait de la bénédiction des autres membres de la tribu, alors, le caillou restait collé de lui-même sur la paroi, comme s'il en avait toujours fait partie.

« Je veux me marier à une fille de Calédonie[186]. »

Aelan avait fermé ses yeux avec force et s'était concentré avant de dire sa prière. Il avait ensuite posé

---

[185]   *Faire la prière* signifie rendre service aux indigents.

[186]   Les gens de Drehu appellent *Calédonie* les habitants de la Grande Terre, de Poum à Nouméa.

le caillou sur un rebord de la petite crevasse. Le caillou glissa et tomba sans rencontrer aucune résistance. Trotreijë rit sous cape. Aelan avait pensé à Sabine, la secrétaire de la station. Hélas !

— Essaie avec une autre fille.

Aelan ferma à nouveau les yeux. Il fit sa prière en murmurant. Trotreijë n'étant pas loin. Il posa ensuite son caillou sur la paroi. Le caillou resta collé comme s'il faisait totalement partie du rocher. Trotreijë souriait.

— Tu as fait la commande pour une femme d'ici ? N'est-ce pas ?

— Comment tu sais ?

— Ben, cela ne marche pas pour les femmes qui ne sont pas du pays[187].

— C'est un truc à se marier entre frère et sœur ça !

— Possible. Mais il ne faut pas délayer le sang de nos aïeux ! C'est la règle.

— C'est vrai ça. (Silence...) On ne pense plus beaucoup à ça de nos jours. Xwiou ! Mais t'as vu, les Blanches et les filles des autres races ? Elles sont belles ! T'as vu ? Et même que certaines d'entre elles sont plus belles que les filles kanak.

— Allez, c'est bon. La marée en bas doit être basse. Regarde les nuages. On y va !

Ils partirent. Aelan demeurait pensif, déçu que le caillou ne soit pas resté collé sur la paroi pour la Blanche Sabine.

---

[187]   Qui ne sont pas de l'île de Lifou.

À Mele, Aelan laissa Trotreijë sous les cocotiers de Hise.

— Je vais ramasser des bigorneaux.

— Je fais du feu.

— Si tu veux attaquer ton vin, je l'ai sorti du sac. Il y en a deux. Tu gères. Allez, à tout à l'heure. Je descends.

Aelan descendit la petite échelle en bois qui tombait directement dans la mer. Il se baigna tout en cherchant des coquillages, des trocas et des bigorneaux. Leur nourriture du soir. La mer était froide, surtout après la longue marche. Après la baignade, il remonta pour faire cuire ses prises.

Trotreijë avait déjà allumé un feu dans une petite anfractuosité d'un rocher où les gens se retiraient pour passer la nuit. Il cuvait son vin dans la petite grotte. Aelan remarqua tout de suite que son guide avait vidé les deux berlingots. Il dormait profondément. Il ne s'occupa pas de lui. Il chargea son sac de cocos secs ramassés sous la cocoteraie et partit sur les sentiers ouverts par les gens qui allaient souvent ramasser les crabes.

Il fallait longer la baie qui partait de Hise à Joea. Et, à certains points, couper le coco sec en deux et attacher ses moitiés sur des racines pour appâter les crabes qu'on revenait éclairer la nuit. Sous l'effet de la lumière, les crabes éblouis se figeaient et il n'y avait plus qu'à se baisser pour les ramasser. Aelan fixa ses demi-cocos d'une pointe à l'autre de la baie.

Vers le soir, quand il revint à Hise, Trotreijë ne se manifesta pas. Aelan pensa qu'il était réveillé et qu'il ne voulait pas être dérangé. Mais quand Aelan s'approcha de la petite grotte, il entendit Trotreijë ronfler. Il prit alors sa torche, retira quelques coquillages du feu et les mangea. Puis il repartit. Il était près de vingt heures, l'heure du premier passage. Il lui faudrait à peu près une heure et demie pour éclairer tous ses appâts en allant et en revenant vers la petite grotte, devenue en quelque sorte le point de ralliement.

À son retour, Aelan vit que Trotreijë avait mangé les restes des coquillages qu'il avait laissés et bu presque toute l'eau qu'ils avaient puisée dans la grotte de Qanope Hise. La poche de pain beurré était vide. Il n'avait plus rien à se mettre sous la dent. Il but le petit restant d'eau en attendant minuit, l'heure du deuxième passage. Il régla sa montre et essaya de s'endormir. Il luttait contre les mauvaises pensées qui montaient en lui. Une tension le gagnait. Trotreijë l'accompagnait seulement pour boire et dormir. Tout le savoir qu'il avait reçu de lui était utile, mais ne remplissait pas la gibecière. Aelan décida de ne pas dire à Trotreijë qu'il avait déjà attrapé sept gros crabes de cocotier.

Après minuit, le réveil sonna. Aelan se leva aussitôt. Trotreijë aussi.

— Alors, toi aussi, t'es réveillé ?

— Takrezi[188] ! J'ai bien récupéré.

— C'est bon ?

— Ça va !

— Faut pas forcer, Trotreijë. Si t'es fatigué, dors ! Je peux éclairer tout seul.

---

[188]   Interjection des gens de Grande Terre (Oundjo, Tieta).

— On s'en va.

Aelan saisit sa torche et son sac et partit. Trotreijë le suivit. Ce n'était plus comme à l'aller où Trotreijë était maître de la situation. En quelques heures, Aelan avait retrouvé son instinct de la tribu. Trotreijë en avait conscience. Dès lors, c'était à lui de se plier aux directives. Ils n'avaient pas encore éclairé le premier coco qu'Aelan entendit Trotreijë tomber dans une crevasse à un passage pierreux. Il le savait parce qu'il venait d'y passer lui-même. Il n'était qu'à quelques mètres devant. Trotreijë était encore dans les vapeurs de la brume éthylique. Aelan ne fit même pas l'effort de l'éclairer, il lui dit seulement de s'en retourner et de l'attendre. Ce qu'il fit dans le noir total.

Au petit matin, quand Aelan revint à la grotte, Trotreijë était debout sur les rochers au bord de la mer. Il regardait la marée montante.

— Tu vois, il y avait eu la marée basse au petit jour. Elle commence en ce moment à monter. Va boire ton café. Il est sur le feu.

— Il y a du café, ici?

— Ben oui, dans la petite grotte où on dormait. De l'eau et des provisions. À chaque fois qu'on vient ici, on entrepose nos restes dans un petit coin. Les restes de patates douces et d'ignames, on les plante. Tu as dû les voir, là où tu as dormi. À Joea.

— Non, je n'ai pas eu le temps de les regarder. Allez, on s'en va.

— Tu ne veux vraiment pas boire un café avant de partir?

— Non merci, Trotreijë, j'ai une course après à faire sur Wé, cet après-midi.

Aelan mentait et donnait des réponses brèves. Il ne voulait pas poser son sac et laisser voir à Trotreijë qu'il avait attrapé des crabes. Trotreijë se doutait pourtant que la récolte avait été bonne, mais pour un chasseur émérite, il est inconvenant de demander son nombre de prises à une autre personne. Il n'osa pas aborder le sujet. Il regrettait de n'avoir pas accompagné Aelan pendant la nuit. Ils levèrent l'ancre. L'ambiance n'était plus celle de l'aller. Aelan, qui marchait en tête, leur imposait une marche forcée. Ils ne firent aucune pause, ni à Hunapo i Qëmek ni à Kalabus. Ils visaient seulement leurs vélos qu'ils avaient cachés dans les fourrés.

Avant de se séparer, Trotreijë eut quand même le temps de supplier Aelan de penser à lui pour l'aider à payer sa consommation de courant électrique.

— Bon, on va partager, si tu veux. Je t'amène au marché de Wé demain, mercredi, pour y vendre les crabes. Je pense que ça y ira pour payer ta facture.

— Merci, Aelan. Mais je peux me charger tout seul de la vente. Il y a Maloi, le frère de mon ex-beau-père que ça intéressera. Il me les achètera à un bon prix. C'est un ancien instit qui a une petite entreprise de désinsectisation.

Sur le bord de la route, dans un ancien champ, Aelan fit le partage. De ses prises, il fit deux tas. Les gros et les moyens. Il n'y avait pas de petits crabes. Quatorze au total.

— Trotreijë, tu prends ces sept-là, ce sont les plus gros. Les autres, c'est pour moi. C'est bon?

— Merci beaucoup, petit frère.

Ils se séparèrent.

Quelques jours après son excursion à Mele, Aelan fit la rencontre de Maloi dont Trotreijë avait parlé. Aelan s'empressa de lui demander des nouvelles des crabes.

— C'était bon. Ils étaient pleins. On s'est bien régalé, tu sais?

— Alors, tu as payé la facture d'électricité de Trotreijë?

— Tcha![189] Mais ça, c'était le mois dernier. J'en ai eu pour pas grand-chose. Depuis le départ de la fille à nous, Trotreijë, il n'est jamais chez lui. À croire qu'il n'est pas fait pour vivre avec une femme. Il n'y a pratiquement pas de consommation électrique.

*
* *

À Hunöj, pendant la période des labours, il y avait ce que les jeunes appelaient «les embauches du dimanche».

L'après-midi, après le culte, quand les jeunes gens jouaient au football ou bien au volley-ball devant le temple de la tribu, les mamans venaient pour leur proposer du travail pour la semaine. Elles comptaient les jeunes hommes et les désignaient en les pointant de l'in-

---

[189]   *Tcha!* : interjection. Ici, il faut comprendre «Non!»

dex : « Ben, toi, tu viens tel jour, pour piocher dans mon champ. » Les garçons désignés donnaient leur accord d'un simple haussement de sourcil, ou même sans le moindre signe. L'accord était tacite. Il n'y avait jamais de refus, sauf s'ils étaient déjà réservés. Ils disaient alors qu'ils étaient déjà « embauchés ». La maman allait alors sur l'autre terrain de sport pour quêter un autre jeune qui n'avait pas encore été embauché.

Tout cela se passait dans la bonne humeur. Tout le monde jouait le jeu.

Ceux qui n'étaient pas sur le terrain pouvaient aussi être réservés et retenus par personne interposée. À la date convenue, le jeune homme venait à la maison de la maman. C'était faire vivre la tradition selon laquelle le jeune, par ses efforts et ses contributions, doit se préparer aux combats de la vie, tout comme un soldat. Il n'est pas seulement redevable envers sa maison et son clan, mais envers la tribu dans son ensemble.

Les vieux et les personnes mariées qui se trouvaient sur l'autre partie du terrain, en train de jouer à la pétanque, riaient en regardant la scène. Il arrivait qu'une maman arrive pour régler le compte d'un garçon qui n'était pas venu, alors qu'elle l'avait retenu. Le jeu s'arrêtait alors, puis reprenait sitôt la complainte entendue. Il n'y avait jamais de réactions vives de la part des jeunes. Chacun savait qu'en cas d'ennui, c'est chez une maman qu'il trouverait de quoi manger et dormir. En ce sens, chacune d'elles était la mère de la société. La vie de la tribu commence et se perpétue par elles.

En même temps que l'embauche pour le travail se faisait, la maisonnée préparait un repas pour recevoir les travailleurs qui étaient aussi en quelque sorte des invités. Un bon repas, souvent bien préparé, et même bien arrosé.

Aelan avait été retenu par la vieille Wasapa. Deux autres jeunes étaient avec lui pour piocher son champ à Kolopi, un lieu-dit.

À l'heure du midi, un des garçons affirma que ce n'était pas la peine d'aller chez Wasapa pour le déjeuner. Il avait amené de quoi les nourrir. Ils n'iraient manger chez la maman que le soir. Il ne voulait pas gaspiller les restes du repas d'anniversaire de sa petite nièce. Cela était même convenu entre les mamans. Les garçons acceptèrent. Aelan, ce jour-là, avait justement apporté du vin dans un emballage en carton que les jeunes appelaient un « cinq litres ».

Juste avant la pause, Trotreijë pointa le bout de son nez.

Il marmonna qu'il avait été également embauché par la vieille Wasapa, mais qu'il avait eu du mal à trouver le champ. Il s'était trompé de sentier. Il était bien connu à la tribu pour son flair à trouver les lieux de beuverie. Une habitude depuis que son épouse l'avait quitté. Dans la coutume, il est impropre de renvoyer quelqu'un qui demande l'hospitalité, même un pique-assiette. Ils l'acceptèrent donc, même s'ils savaient qu'il n'était venu que pour la boisson.

Au moment de retourner travailler, Honako leur dit de laisser le cinq litres à l'ombre sous des branchages. Quelqu'un se proposa de l'enterrer pour le garder au frais. Ils le récupéreraient plus tard.

À la pause suivante, ils ne trouvèrent plus leur cinq litres.

Ils se regardèrent, étonnés. Ils étaient les seuls à occuper le champ de la vieille Wasapa. Ils se rendirent alors compte qu'un des travailleurs avait disparu, et tous les soupçons se dirigèrent vers lui.

Aelan prit son vélo et revint à la tribu pour retrouver le supposé coupable. Trotreijë avait ouvert toutes les fenêtres et les portes de sa maison. Le vent y entrait et balayait le salon où il s'était installé pour suivre une série télévisée. Aelan remarqua tout de suite qu'il était en train de boire.

— Trotreijë, le vin !

— Eh bien ?

— Le cinq litres du champ à Kolopi !

— Comme tu vois, je n'ai pas pris votre cinq litres. Moi, je n'ai que du vin bouchon.

Excédé, Aelan le frappa d'un coup de poing à la figure, puis d'un deuxième qui fut suivi d'autres. Et d'autres encore, jusqu'à ce qu'il se retrouve à terre.

— Alors, le vin de Kolopi, c'est toi ou non ?

— Oui, Aelan. Le vin sur la table c'est bien le vôtre. Je l'ai pris parce que je voulais boi…

Trotreijë avouait. Malin, il avait jeté l'emballage du cinq litres après l'avoir déversé dans des bouteilles en verre. Il est habitué à ce genre de fourberie. La fureur d'Aelan décupla. Il déchaîna sa jeunesse et sa force sur Trotreijë, au point de lui fit perdre ses dents de devant. Il continuait pourtant à le frapper. Trotreijë était en sang. Méconnaissable.

Aelan, en proie à l'une de ses violentes sautes d'humeur, avait perdu toute considération pour son mentor de la semaine précédente. L'image de l'instructeur s'était évaporée de sa mémoire. Il se déchaînait comme un ouragan, comme s'il ne connaissait pas Trotreijë. À la fin, il le laissa sur le carreau, reprit son vélo et retourna au champ de la vieille Wasapa.

— Mission accomplie ! dit-il aux autres en arrivant.

Trotreijë se rendit par ses propres moyens au dispensaire de Wé.

— Et tu ne veux pas porter plainte ? lui demanda l'infirmière.

— Non, de toute façon, c'est lui, là-haut, qui juge.

— Pourtant, c'est grave, ce qu'il a fait. Il t'a frappé, chez toi, sans raison. Sinon, on va voir le petit chef, ou la gendarmerie, et c'est moi qui porterai plainte contre Aelan.

Mais Trotreijë refusa encore. Il voulait seulement revenir chez lui pour vider le vin qui restait. Il n'avait pas de rancune. Après, s'il n'arrivait pas à dormir, il irait encore quêter de l'alcool à la tribu. Comme d'habitude, il parlerait de sa misère à qui voulait bien l'entendre. Et l'affaire en resterait là.

Quand Aelan raconta ce qui s'était passé entre lui et Trotreijë, c'était déjà l'heure du retour. Il se voyait comme un héros. Les jeunes posèrent alors leurs vélos sur le bord de la route pour l'écouter. Lorsqu'il eut fini son récit, Trohninë le plus âgé de la bande, lui dit qu'il avait tort. Cela étonna tout le monde.

— Il ne fallait pas faire ça, même si tu penses avoir raison. Dans la coutume, ce n'est pas à toi de donner la correction. La correction, elle est divine. Dieu lui-même donne la correction pour sanctionner ou pour récompenser. Tout travail mérite salaire, n'est-ce pas, et c'est lui, là-haut, qui donne ce que l'on mérite de recevoir en contrepartie de ce que nous avons fourni comme effort. La vie, déjà, c'est une récompense au regard de ce qui n'existe pas. Et dans la vie, on n'a pas à jouer le justicier. Il faut se contenter de vivre. Sinon, il faut faire appel aux autorités.

Il y eut un silence. Le moment devint grave. Aelan et les autres garçons se taisaient et fixaient le sol. Trohninë poursuivit :

— Aelan, qui c'est Trotreijë ? (Silence)… Un grand frère de Hunöj. Sinon quoi ?… Enfin, tu l'as fait. Peut-être aussi qu'il méritait cette correction, mais je pense que ce n'était pas à toi de le faire. Tu t'es sali. Je te le dis pour la prochaine fois. Même si, au fond de toi, tu penses avoir raison, mais moi, ton grand frère, je te dis que tu n'as pas raison. La raison, elle appartient à quelqu'un d'autre. À celui qui est plus haut. C'est notre tradition (Silence)… à nous tous. Allez, on rentre. On se cotise. On va demander pardon à Trotreijë et on l'appelle pour manger avec nous ce soir. C'est moi qui parle sur notre geste[190]. Oléti.[191]

— Olé.

Le grand frère avait parlé. Encore imprégné de la gravité du discours, chacun reprit son vélo en silence et pédala mécaniquement. Tous derrière l'aîné. Trohninë savait que les garçons n'étaient pas tous d'accord avec lui. Cela ne changeait rien. Il devait réparer les choses avant que la nouvelle n'arrive aux oreilles de la génération du dessus et qu'il se fasse à son tour redresser.

À table, Aelan était le plus gêné. Il prit son assiette pour manger à l'écart. Dans la cuisine, avec la vieille Wasapa et ses filles. Il fuyait, le visage fermé. La maman n'arrêtait pas de lui parler pour le consoler. Trotreijë, quant à lui s'était joint au groupe qui mangeait à table. Il faisait l'effort de ne pas montrer combien il souffrait. Il mangeait comme il le pouvait, avec sa mâchoire abîmée. Il buvait surtout. Pour faire diversion, pour faire croire aux autres que boire était le plus important pour lui. C'était comme si rien ne s'était passé entre lui, Aelan et les autres.

Le lendemain, les mêmes jeunes, avec Trotreijë et son visage tuméfié, seraient embauchés pour débrous-

---

[190] *C'est moi qui parle sur notre geste* : c'est moi qui présenterai l'offrande de pardon que nous ferons à Trotreijë. Les jeunes vont se cotiser pour offrir une somme symbolique lors de cette demande de pardon.

[191] *Olé, oléti* : merci. Ce mot conclut toujours les discours kanak. On remercie l'auditoire pour avoir écouté, puis l'auditoire remercie celui qui a parlé.

ser ou pour piocher le champ d'une autre maman de Hunöj. Ce serait un autre jour. Il ne faudrait pas avoir honte de se regarder droit dans les yeux. Ils espéraient tous que le pardon continuerait de leur ouvrir la voie de l'amitié et de la liberté.

Quelques jours après le retour d'Aelan sur Nouméa, Trohninë reçut un colis par la navette de Wanaham qui arrivait l'après-midi à la tribu. Lorsque le conducteur lui remit le carton, il s'empressa de lui dire qu'une notice était écrite dessus. Trohninë le remercia et s'excusa de ne pas avoir de pièces sur lui pour le gratifier de sa course. Il promit que, le lendemain, il serait sur le bord de la route pour lui remettre son dû. Le conducteur de la navette acquiesça d'un signe de la tête, et le bus démarra.

Le colis était lourd. Trohninë avait déjà idée de son contenu. Sur le dessus, une enveloppe portait son nom.

Quand il arriva sous la véranda, son épouse Xejin lui demanda de quoi il s'agissait. Après avoir lu la missive, Trohninë lui dit que le carton contenait des vivres et des bouteilles destinés à Trotreijë.

Le lendemain matin, alors que Joséphine, sa fille, s'apprêtait à quitter la maison pour l'école, Xejin lui dit de passer la commission à Walea, la fille du frère de Trotreijë pour qu'il vienne à la maison récupérer son colis.

Vers onze heures, au retour du ramassage scolaire, la petite vint dire à sa mère que les enfants de la famille Trotreijë n'étaient pas venus à la classe.

Hnamelene, la famille de la maison d'à côté, avait découvert Trotreijë sur son matelas. Il ne respirait plus. La cloche de la tribu avait sonné dans la matinée. Xejin savait désormais que c'était pour Trotreijë.

La petite Joséphine et sa maman Xejin étaient encore à table lorsque Trohninë arriva.

Il était déjà au courant de la nouvelle et il en était très affecté. Il raconta à son épouse qu'il avait appelé Aelan sur son lieu de travail pour le mettre au courant.

Toute la tribu connaissait le différend qui existait entre Aelan et Trotreijë. Aussi, quand la nouvelle de sa disparition tomba, chacun savait de quel côté loger la commune pensée. Aelan avait pleuré au téléphone en faisant part à Trohninë de son intention de revenir à Hunöj pour l'enterrement. Le patron avait accepté sa demande de congé. Mais Trohninë lui dit que c'était inutile.

— Voilà pourquoi je vous avais dit d'accomplir le geste de pardon. Ton carton, je vais l'amener aux jeunes qui vont assurer la cuisine pour le deuil, conclut-il.

Il fut donc convenu qu'il ne se dérangerait pas pour l'enterrement.

*

* *

Alors que la terre avait déjà recouvert le cercueil et que la parole avait été donnée aux autorités pour remercier les familles, une voiture de location s'arrêta à l'entrée du cimetière.

Tous les regards se tournèrent vers le véhicule. Aelan en sortit. Les discours s'interrompirent et les voix des pleureuses s'élevèrent vers le ciel.

Aelan avança lentement vers l'assemblée, un gros bouquet à la main.

Les jeunes de sa génération se détachèrent de la foule pour venir à sa rencontre. Tous pleuraient. Trohninë qui, entre-temps, avait fini de se laver les mains dans le seau de ceux qui avaient enterré Trotreijë, rejoignit la compagnie.

Et, en une ultime procession, bras dessus, bras dessous, tous accompagnèrent Aelan pour déposer sa belle couronne de fleurs sur la tombe de Trotreijë.

**Découvrez les autres ouvrages
de notre catalogue !**

http://www.editions-humanis.com

Luc Deborde
Editions Humanis
BP 32059 – 98 897 Nouméa
Nouvelle-Calédonie

Mail : luc@editions-humanis.com

Made in the USA
Columbia, SC
29 November 2023

26796833R00126